爱是勇者的游戏

阿噶巴／著

陕西新华出版 三秦出版社

果麦文化 出品

自序

八岁的时候我想要自杀。那是在四川康区我从小长大的寺院，我的上师出门了，出门前给我留了很多功课，说回来检查。那正是秋天，青稞收割后的田野，玩耍起来特别开心，本来想玩一会儿就背功课的，不知不觉，时间就过去了，刚刚还是早上一转眼天就黑了，这才想起了功课的事。最糟糕的是，我的经书在玩耍时不知被放到了哪儿怎么也找不到了。当时我完全慌了。那本经书非同寻常，是我上师的上师亲笔抄录的，因为用得太久，每一页都被酥油浸透了。师父交给我经书的时候，非常郑重地叮嘱我要保管好，当时师兄们羡慕的眼神我还记忆犹新。

小时候我是个很反叛、顽皮的孩子，上师一直对我非常严厉。我的上师是我小时候最讨厌的人，而且以我当时的看法他非常虚伪，因为他每天给我们讲对众生慈悲，但对我一点也不慈悲，好像我不属于众生一样。如果他回来发现我不但没做功课还把那么重要的经书丢了，那等着我的不单单是一顿暴打，肯定还有更可怕的惩罚。想到此，我觉得自杀是当时唯一可行的办法。我从寻找经书变成在各处寻找可以杀死自己的东西。刀，剪刀，任何尖利的东西，但最终我只找到一节用来固定大包藏茶的削尖的竹扦，我摸了摸，试了试，觉得还行，又开始找没有人的可以自杀的地方，找来找去，好像只有厕所。我拿着尖竹扦，冲自己的胸口比画着溜进厕所，一进去就傻了眼！师父不知道什么时候回来了正在上厕所，他看见我二话不说就给了我一巴掌，问我不做功课到处晃悠什么？吓得我竹扦松手掉在地上慌忙跑了。连自杀的计划都被上师破坏，我完全绝望了。

十一岁的时候我计划逃走。那是我第一次正式闭关，师父带着我和师兄在神山的山洞里住了十一个月。寺院的生活虽说严格，和那次闭关比起来简直算不上什么。去之前师父渲染说那著名的神山如何如何，满山都是桃子苹果，如同仙境，我天生爱吃水果，心里满是期待。结果那里既没有桃子也没有苹果，连吃的都常常没有，我们住的山洞没有门窗也没有被褥，夏天的时候糌粑发霉长了毛，拿到太阳下晒晒就吃了，从早到晚地念经、上课、打坐、持咒等等，那个辛苦啊，还要在地上洒上细土，用树枝在上面练习书法，写一遍擦一遍，每天写几十遍写得手上都起了泡。因为长时间地坐在坚硬的岩石上屁股完全烂了，瘦得皮包骨头。师父所传的无论是无上密法还是大圆满，佛教的这些东西跟我一点也连接不起来，只是在那种情景下被迫听着。观想的时候，连个本尊的影儿也看不见，全是我在寺院里、草原上玩耍的情景，草原上那些花如在眼前，小伙伴的笑声、流水声、鸟叫声都听得清清楚楚。还有带我长大的老和尚，想起他心里有点暖暖的感觉。师父常说上师瑜伽是一切修炼的灵魂，修大圆满观想上师，向上师祈请。要我向我的上师祈请，赞美他，观想他，对我简直是不可能的事。他是我最讨厌的人，怎么可能向他祈请？想都不愿意想起他。所以什么明心见性、直指人心，什么大圆满跟我一点关系也没有。有几个月的时间我和师兄都在计划着逃跑。师父不知道是不是吓唬我们，跟我们说这个被老虎吃了那个被棕熊吃了或被狮子吃了，我们住的山里的确见过棕熊，狮子倒没有见过。逃跑的事一拖再拖，直到有一天我们俩都下定了决心，第二天一早就逃走。第二天早上，起来洗完脸，师父忽然宣布说：“今天放假一天。”从我懂事起就不知道什么叫做放假，一天居然不上课不打坐不做功课，对我是从没有过的事！虽然决定了要逃跑，遇到放假这么难得的事儿，还是决定放完假再走。

那个时节满山遍野长满了野草莓，我就在山上游荡了一天，一边玩一边摘草莓吃，吃得大便都变成了红色。高原上，视野非常开阔，能看到特别特别远的地方。玩累了，就在大石头上坐下，满目群山和无限的天空，天色瞬息万变，右边的天空在下雨，左边却阳光灿烂，草场上的牦牛和野生的羚羊，从下雨的山坡向不下雨的山坡奔跑，一边乌云密布，一边晴空万里。突然，雨就停了，彩虹是常见的，两道彩虹挂在天边，阳光穿过云层一束束照射下来，如同穿过西方大教堂的彩色玻璃，交错出奇异的光彩。真的很美很美，像童话中的景象，我呆呆地看着，仿佛是看进去了，自己不由自主地唱起了歌。在那样的场景和环境里，我好像是把自己催眠了，我进去了一个地方，陷进去了。我震惊地发现我在唱上师祈请颂（真庆扎伟喇嘛钦诺真庆扎伟喇嘛钦诺真庆扎伟喇嘛钦诺）！歌声是从我心里唱出来的，山里有回声，整个山野仿佛都是我的歌声，不光是整个山，我的每一个毛孔都在唱着，我四周的大树，风微微吹动的时候，树枝摇晃着，都跟我一起唱着上师祈请颂，一片片树叶、云彩也在唱着。在那一瞬间，我似乎变得无限大，我在这无限大中唱着歌，进入到无限自由、无限放松的世界，我心里一直的煎熬在那一刻突然停止了，没有煎熬，没有情绪，没有怨恨，一切一切的不开心和不舒服都停止了。在这无限的自由和无限的放松中，我唱着但不是在唱着一首歌，而是我生命的旋律在唱。那一刻，夸张地说，连大地都震动了，或者说，是我的心震动了，我的每个毛孔都震动了。在那个时候，我流了很多眼泪，虽然不知道为什么。

我在这催眠般的感觉中待了很久，直到一粒石子打到我的头上，把我打醒了。石子是我师父打的，他冲我吼道："天这么晚了还不回去？！"我转头看着他的时候，他的脸完全变了，充满了仁慈，充满了优雅，原来在我看来很凶的脸完全变了。在那一瞬间，我看到了什么叫做慈悲，什么叫做爱。我师父并不是很高大帅气的人，但他真的有特别特殊的气质，笑起来特别迷人。我忽然有一点点明白了爱的感觉，我似乎没有任何要求地爱上了他。我长久地看着他，真的，对我来说，那一刻对他的向往，对他的敬爱和对他的兴趣，超越了我生活中所有其他的兴趣。我心里充满对他的爱，很想抓住师父的腿痛快地哭一顿，但我没有这个勇气。我跟在师父身后往回走，迎面吹来的风，把他的味道带过来，那我曾经最不喜欢最讨厌的气味，那一刻变成了一种让我着迷的妙香。回到山洞，师父点了一支酥油灯，烛光里他的侧面完全是神圣庄严的佛陀一般，正面又像一个婴儿， 特别温柔，我觉得自己爱得不行，特别想哭，但又不知道我到底感动什么，为什么要哭？那一刻，我内心世界里一直饥渴迷茫的地方被什么照亮了，内心的饥渴仿佛填进了什么东西，有了富足的感觉。从此以后，我对佛教所讲的东西，无论是禅修还是慈悲，无论是无上密法还是大圆满，开始有了一点感觉，有了深深的感动和向往。

这是我的爱的旅程的开始，原来我也爱我的父亲、我的奶奶、我的老和尚，但这些都是浅显的爱，这爱里有判断，有分析，有很多要求，但此刻的爱里面没有判断，没有分析，更没有任何要求。它就是你生命里实实在在发生的一个东西。从那一刻起，我的生命里多了一份勇气。不管当时的状况对我有着怎样的挑战，或者环境如此地糟糕，或者师父的教育方式如此严厉，但那一刻对我都不再是问题。我感觉我的生命需要这样的游戏，因为我是个胆小鬼，一个没有勇气的人，我所进行的学习、闭关都是我所需要的。要找到爱，必须要有勇气，爱是一个勇敢者的游戏，胆小鬼一辈子也没有办法和爱接近。那一刻不能说我成了勇士，但起码我能够开始接受这个游戏，敢于接受挑战了。晚上，师兄又提出逃跑的事，说明天一早走。我说："我不走，我改变主意了。"他问："为什么？"我说："我爱上师父了。"他说："叛徒！"但无论他叫我什么，我都不在意了，我爱上了师父，享受此刻的一切，我第一次感到自己是如此幸运的人，因为遇到了师父，我隐隐约约触摸到了内心深处万年没有觉醒的爱的感觉，我触摸到爱的那一刻，我的心是充满阳光的，是不缺少任何东西的状态。因为感到如此幸运，我有了接受和尝试一切的勇气，不再有任何逃跑的理由。

二十一岁的时候我离开寺院开始流浪。我到过很多地方，南方，北方，欧洲美洲，见到各种各样肤色的人，各种各样文化的人，各种各样说着不同语言的人。

初到北京的时候，草原变成了高楼，天空不再是原来的天空，喝的奶变得像水，而水带着一股药味，一句话也听不懂，一个字也不认识，对我来说，这不仅是到了另一个地方，完全是到了另一个世界。那一瞬间有了不知所措的感觉。等你慢慢听懂了这里的语言，认识了这里的人，跟这里有了连接，你最大的感觉是，你一切都没有准备好。

我搞不懂他们用的手机是怎么回事儿，这个东西对我来说特别的新鲜，我充满好奇，竭尽全力去买了一个，而等我买了手机，却发觉我不知道要打给谁。我不认识一个有电话的人，我们的寺院里连一部座机都没有。第二个对我产生诱惑力的东西是电脑，我又想尽办法，竭尽全力地去忽悠我师父，我知道对我学习和修炼有好处的东西，他一定会给我支持。就对他说，现在我们佛学院所有同学都会玩电脑，但是我没有，我汉语又不好，对学习有很大影响，几番忽悠终于成功，师父给我寄了一万两千块钱。这是很大的数目啊！

人陷入欲望的状态是多么可怜的状态，这些诱惑把你带走的时候，你一点觉醒的机会都没有，完全进去了。不是一个诱惑结束就结束了，还有无数个诱惑和问题在等着你，要把你吸走。开始的诱惑是手机、电脑，那将来的诱惑是什么？跑车？女人？更多的财富？然后还有权力、名声。有一次，一位居士请我们一群僧侣去吃饭，饭桌上十几个僧侣，每个僧侣都掏出了自己的名片，只有我没有。我拿过他们的名片看了看，上面都有各种头衔，每个人都是活佛、堪布、住持等等。当时那位居士非常可怜地看着我，问需不需要帮我印个名片。我忽然发现在这里没有一个身份、一个标签是很难被人接受的。我当时也很疑惑，我是否需要一种身份、一张名片。而我周围的人，那些关心我的人，每个人都来告诉我：你应该有个身份。于是我也印了一张名片，写上某某活佛。小时候，因为我上师的存在，我被认证为活佛的这件事基本不被人记得，师父一直刻意地尽可能地让我处于一个普通人的状态，活佛的身份基本被淡化了，现在回想起来，我非常感激师父这样对待我。

在寺院里，遇到的困难不过是腿疼、背疼，或者是冷、饿、困，但离开藏族聚居区以后，这些不再是个问题，而要面对的问题比这些问题要严重成千上万倍。在这个世界里遭遇的挑战，比我闭关比我在寺院的挑战都要大。所以我特别佩服和欣赏在这样环境里的出家人，还有能在这样的环境里很自在地待着的人，对生活充满着激情和快乐的人！而我，有时候连做一个旁观者的勇气都没有，更不用说我去玩这个游戏。在这样一个混乱的局面里，当各种诱惑摆在你面前，你是一个特别弱小的生命，你没有办法控制任何一样东西，你的生活不可避免地会伴随着寂寞和焦虑。在我原来的环境里，你甚至都不知道自己还有贪婪，还有嫉妒。你在山里的时候，山谷不会欺压你，不会折磨你，你和山的交流看起来很不错。但在这样的环境中就完全不一样了，有人在你面前这样表白，背后却又那样描述，这个时候你完全迷茫了，搞不懂是为什么。不知道是他错了还是我错了，他疯了还是我疯了。我不知道敌人在哪里，不知道这是个什么样的战场。在这混乱中，你也变成了他们的一份子，你也不得不卷入其中，无可奈何。你过去所谓的仁慈，理性，淡定，那一刻消失得无影无踪。在清净的山谷里清净是天经地义的事情，在清净的山谷里你可以想象你是有慈悲的人，而在这样复杂的环境里，你要成为一个带着慈悲，宁静，觉醒，带着清净的心的人是非常难的一件事。处处都是陷阱，处处都是挑战，处处都是诱惑，都需要我去面对，这样的经历对我特别重要。

这一段的生活对我来说是不一样的经历，男女老少，各行各业的人给了我很深的感触，有时候让我疑惑，不明白人为什么要这样活着？无论有多少财富的人还像最贫穷的人一样拼命挣钱，拥有名气的人还在不顾一切地想增加名气，那些诱惑的力量实在太大了。

人在不同的环境中，困惑是不一样的。对于从小在寺院长大的我来说，没有想到原来生活是这个样子。一切的一切都是我意料之外的东西，那我唯一的选择是我以意料之外的眼睛来看待我意料之外的生存环境。这些原本跟你无关的东西，标签，身份，诱惑，不要成为自己的困惑和陷阱。

在生命的战场里没有任何可以退缩的地方，也没有任何可以躲藏的地方，唯一的选择是往前走。在生命旅程上，你需要的不是一个战友，因为没有一个战友是靠谱的，他们自己都自身难保、自顾不暇，你也不能期待任何人来挽救你。在这个战场里，这个旅途上，我们唯一能做的是你自己成为一个觉醒的勇者。

当年，我离开夏扎巴闭关中心的时候，我的上师对我说："离开夏扎巴闭关中心的修炼者有三种选择，第一等人的选择是：像一条流浪狗一样生活，一生默默无闻，不知下一站去哪里，也不知道死在哪里，内心则充满觉醒和智慧，有着狮子一样的勇气。第二等人的选择是：做一位知识渊博的老师，教导学生。第三等人的选择是：像国王一样生活，身边簇拥着无数的人，享有尊贵的生活和名气。”我没有力量和勇气成为第一种人，但我希望自己至少不成为第三种人。

这本书不是写给那些在佛学上有着很深造诣的人，那些已经觉醒的人，那些有智慧的人。而那些像我这样在生活中迷茫的人，在生活的陷阱里挣扎的人，在阅读这本书的时候也许会得到一些分享一些鼓励。所以我把我有限的佛学知识，有限的人生经历，提供给大家。

我们唯一不能的是我们无法停止自己的脚步，我们是来去匆匆的旅客， 在时间的谎言里，我们必须一直向前走，唯一陪伴我们的是觉醒的勇气。所以佛教称菩萨为“觉悟的勇者”。

祈愿，所有这本书的读者，读到这本书后，不是增添了某种知识或者理论，而是成为有些放松、有些自在、有些清净的人，成为生活中的勇士。生活不再成为障碍，不再成为烦恼，而成为一个欢乐的游戏。我们在这个游戏里带着勇气扮演好自己的角色，走完自己的旅程，最终走到没有游戏和谎言的地方，佛教称之为“彼岸”，在那里一起欢乐，一起自在！

2013 • 8

目录

生命中的问题与真理

人生即修行

随想录

【壹】生命中的问题与真理

我们从哪里来？

观察人类的活动可以发现人类的起源。结论是：我们无始无终，我们一直存在。

人们对生死本身很疑惑，对生死前后的情况也很疑惑。

如果相信有一个出生的时间，那么从逻辑上说，必定有个还未“存在”的时间，以及必定要接受我们有个出生的时间，必定要接受有死亡的时间。有许多问题是关于“尚未存在时”的，比如“人们来到世上的原因是什么”，“为什么现在存在”，“为什么过去不存在”。这些问题无法回答，因为我们一直都处于“存在”的状态中。我们的存在并不是一个新的创造。

按佛教的观点，存在无始无终，但这并不意味着存在是静止的，存在其实在不停变化，我们存在于不同的形态和意识之中。在这些变化中，有个连续存在的自我，这个自我持久存在永无终止。

我们通常只相信自己的经验，只相信亲眼所见的事物，并通过这些信息来形成自己的观点。另外一些观点则依赖于推理，但根本上仍来源于经验。这样，虽然我们心中同时存在着许多观点，但都仅限于经验。

例如，大豆和树的种子分别具有大豆和树的基因，我们即便没有看到这些种子生长，却也了解它们具有长成大豆和树的潜质。人的生命却是非常复杂而多样的，父精母血孕育了我们，但是我们所具有的潜质远远无法从过去的经验里得到。依靠过去经验的思考具有很大的局限性。

不管一个人的智力水平有多高，也不可能通过经验分析发现最初的自己。不过，这样也许是幸运的，因为如果发现了最初的自己，其结果将导致更多的混乱。假设我们接受“出生”的现实，那就意味着我们有不存在的时候。如果有个“不存在”的存在，那存在是如何产生于不存在的？我们相信存在产生于不存在吗？

为了讨论的方便，我们假定有个“不存在”存在的时间，并且，“不存在”在某一刻必须转换为存在，而不是由存在本身引起存在。这样，“不存在”成为了存在，而存在本身就是存在，它们的关系如此矛盾。实际上，这个论点很难得到理解和支持。如果我们相信任何东西都有始有终的话，我们无法确定这些不存在的时间。再比如虚空，虚空本身没有方向，没有东南西北，虚空不可测量，不大不小。如果万物都有始有终的话，那虚空必定有开始，如果虚空有开始，必定有虚空的开始之前，而这是难以成立的。因此，虚空的本性就是无始无终的存在。认识了虚空的始终，我们就会明白自己的始终。简而言之，我们无法在时间的某一刻开始存在，因此只能是持续存在的。

我们必须问自己，为什么寻找众生和虚空的开始是如此重要？因为这种对始终的看法源于我们有限的大脑。世界上有两种人：一种人用大脑来了解生命现象，另一种人用心来了解生命现象。对于用大脑思考的人，任何事物总是有边界、有始有终的。而用心思考的人则认为事物的始终并不重要。

虽然当前的主流文化对大脑的感知很重视，仍有一些文化侧重内心，透过内心观察外部世界。

大脑是一个可以感知短暂经验的有思想的器官。但大脑的思维能力是有限的，只能在过去经验的基础上分析和判定。由于大脑的能力有限，它认识的生活就有限。西藏有个说法，人的大脑无法掌握超过1×10的75次方（1后面75个零）这么大的数字。在这个大数之外，可以说是无数了。不是这个数字无法胜数，而是我们的脑子无法理解1×10的75次方以上的数字。因此，我们如何能够理解生命现象？我们永远有疑问，而伴随这些疑问而来的是痛苦的经验。

我们常说，一个人如果没有原则，就像没有脊梁骨，就会倾倒。如果能依照原则生活，我们可以理解生活的真理。认识到真理，痛苦会减少。

我们的心或意识没有任何限制，它像虚空一样，无始无终。我们无法衡量心，因为它没有边界。光说心非常广大还不够，因为这仍意味着心是有边界的，而有始必然有终。但心如虚空，是无限的。

心是无限的，同时又是变化的。这种变化不需要强迫。顺其自然，会让我们感到快乐；强求改变，则使我们痛苦。

知道自己是什么很重要。“我”和“自我”是谁？他是如何存在的，是真实的吗？这些问题有许多答案，也是本书要回答的问题。

什么是真相？

这是个重要的问题，许多人被这个问题给问住了。有关真相的问题存在于个人、家庭和国家当中。当人们把对生活真相的认知建立在以大脑来认知的基础上时，就会认为生活是相对稳定不变的；并且认为真相只有一个，这样的认知会导致许多问题。

每个人都把真相建立在自己的见解、经验和感觉基础上，每个人相信的真相也就各不相同。例如，我可能认为某种食物很美味，而你则不以为然。我们往往认为只有一个真相，然而事实并非如此。

此外，真相也不以多数人的意见为准。可能只有1％的人认识到真相，另外99％的人却不同意其观点。如果我们只接受大多数人的看法，可能因此而导致对真相的误解。我们往往附和大众的观点，是因为找不到足够的理由去反对；所有发现真相的方法均已失去，只得随大流。

如果有人告诉600年前的古人有关现代社会的技术进步和生活条件，古人肯定不相信。他们中的绝大多数人——如果不是全部——无法想象可以随时远距离通话的手机，或是满载着几百名乘客在世界各地飞行的飞机。如果我们生在那个时代，同样不会相信这样的事实。古人由于认识的局限而无法相信现代技术的创新。同理，由于认识的局限，我们也会犯和古人同样的错误。

真相不能依靠个人的经验和感性来构建。真相不能仅依赖一部分人的理论，真相超越世界的界限。

我们还要区别两种不同的逻辑理性——真正的逻辑理性和暂时的逻辑理性。真正的理性不会因为条件的变化而变化。基于真正理性的真相，放之四海皆为真相。有限的逻辑理性，仅基于某些人的个别经验，随时间和空间的变化而变化，因而是短暂的。

为了了解真相，我们必须依靠心的能力去分析，然而，我们个人的经验有限，导致无法了解宇宙的终极真相，例如，出示一个杯子给西藏人看，问那个杯子是大还是小，西藏人有可能回答说杯子是大的，因为她习惯用小杯；而同样的杯子出示给习惯用大杯子的美国人，他有可能回答这个杯子是小的。谁的回答正确？这两人都有使用杯子的经验，回答问题都是根据自己的经验和想法，并且都真诚地回答了问题，但由于答案仅是基于片面的经验，就不能作为杯子的真相。那么，我们如何判定这个杯子是大还是小呢？

如果我们只讲表面和通俗意义上的真相，真相就只是大脑观察外部世界的结果。如果想要了解世界的内在本质，就必须用心来发现。

在世俗层面，我们对事物的认识建立在感官基础上。由于用感官来认识事物，则只能得到世俗的真相。比如每个人对美的定义就不尽相同，所谓“情人眼里出西施”，就是说美的产生依赖于审美者。事物本身并没有与生俱来的美，形容词“美”只是大脑赋予的标签。基于此，我们没有必要争论某事是否是真相。

仅依靠大脑来寻求真相的人，会给自己带来很多困惑。因为依靠大脑的观察只会得出狭隘的结论。这种人相信有唯一的真相，但他们所谓的真相不是终极真相，而只是有限的真相。

有限真相基于个人的感知，终极真相则基于众生的共同感知。

以火为例，热是火的性质，这是每个人都能接受的普遍真相，这种普遍真相基于人类的经验。但是，是不是所有的生命都如此认为呢？这就不尽然了，这种经验仅是人类的经验，但也许有些众生是生活在火中的，离开火不能生存。可见，认为火是热和燃烧的仅是世俗真相。

世俗真相基于个人的经验、习惯和知识，而不完全依赖于客体本身。不同的人对客体的经验和认识不同，比如有人认为某人很美丽，并认为这种认识是真相；另一个则对此人印象不佳，他也认为这种认识是真相，但是，他们所认识的客体其实是相同的。

永远不能忘记，个人的经验不是终极真相。即使我们认为终极真相是集体的感知，我们也会遇到困难和增加痛苦。

可能有人认为，由于客体是真实的，因而客体本身会体现真相。火的例子说明事实并非如此，我们无法从客体中得到真相。更准确地说，是因为客体有功用，并对我们产生了影响。比如当我们接触火时，会被烫到，因此我们产生了火是热的、会烫人等等认识。由于火的功用作用于我们，我们就很容易认为对火的认识是真相，但是，这种认识不一定是终极真相。如果我们了解到对客体的认识不只源于外部，更多的是我们想法的反映，我们在生活中的困惑和障碍就会减少。

梦可以进一步证明这种观点。如果我们在梦中性交，虽然事实上并没有发生，但感知上却是真实的，在梦里经历了与实际相同的性交经验，甚至会有生理反应，如流出精液。然而，只是生理上的感觉不足以证明真相。梦中的人并不存在，虽然我们的感觉认为其存在。我们的感觉并不可靠。

必须认识到，我们无法基于自己的见闻和经验得到事物的真相。尽管如此，大多数人还是基于感觉和感知来判断。无知使我们无法了解事物的真相，无知导致了很多问题。

如果我们发现了真相，也无法画一条线说：这边是真相，那边不是。每个人基于自己的感知而得到不同的真相。一个客体具有多种真相，因而无法强迫别人接受我们所认识的真相。

如果有人执着于自己所认识的真相，不管是否确实是真相，他的执着会显示出来。比如我们都有看电影的经验，我们的情感会被自己看到的场景所触动。我们短暂地认为那是真实的，而执着于这种场景会带来贪恋或嗔怒等情绪。看电影的人，虽然感知到的是幻象，却会信以为真。而饰演角色的演员在看电影时，就不会有同样的担忧和执着，因为他们知道那些场景都是虚假的幻象。那些不受幻象影响的心，就不会坚持他们的见解是真相。我们因此可以认识到，一个客体可能会产生多种不同的感知、不同的感情和不同的真相。

当我们观察家庭和国家时，往往相信自己认识的真相是真实而唯一的。每个人都认为，“我的感觉是真实的，我认识的真相是正确的”。人们不了解针对同一事物可能有不同的真相；许多人还会固执地认为其中的一种是错误的。基于这样的认识，问题就会产生。

许多人将自己当成是唯一的例子或证人，以证明自己掌握了唯一的真相。他们得出结论：他们观察、体验得来的结果是唯一的真相。然而，其他人也有类似的经验，不能说一个人的经验会比另一个人更具合法性。然而在现实中，真相似乎常常掌握在更有说服力的人手中。如果在夫妻关系中出现问题，强势的一方经常会获胜。这样的处理方式，已经成为认识真相的障碍。

如果将夫妻间的争端提交法庭，法律的原则就是通过发现证据来判定哪方是正确的，法律不允许双方都是正确的，必须判定其中一方正确。法律相信真相是唯一的，如果法律规定某物是白，每个人都必须接受它是白，这就是法律的原则。而且，由于法律是由人制订的，法官是人，他会根据自己的经验和感知来判案。这些因素都造成了：法律并不一定站在真相一边。

依靠法律来判定事实的确很困难。法律的原则是没有弹性的，但人对真相的认识是随时间的变化而变化的。即使法律不断地修订，也无法赶上我们的想法的变化。

真相的发现还会受到人的能力、金钱或名声的干扰。例如，如果有一件产品有名人推荐，许多人会因此而购买它，认为该名人展示了该产品的真相。但名人不一定是好人或是诚实的人，该产品也未必像他所说的那样。

了解了“真相不止一个”的事实，我们就能够接受他人的不同观点，遇到的问题就会少得多。这样，我们既能认识到自己的真相，也能思考他人认识的真相。

在当今社会，要树立一种真相相当有挑战性。在终极层面，真相是没有限度的。没有限度意味着任何事都是可能的，什么事都有可能发生；同时，也意味着也许没有事情有可能，也不会有事情发生。这个认识可以帮助我们将世俗真相和终极真相区分开。

什么是美？

我们当然都是美的。比如，当我们想象一朵花，是我们的美被花反映出来，还是我们反映了花的美？很显然，是我们的美被花反映出来了。

花对于每个人来说，不一定都是美的。美是我们创造的一个知见。我们认为一朵花是美的，于是给它贴上一个美的标签。如果美是从花自身发出的，那我们只有拥有花才可能体验到美。我们通常在心情愉悦或内心平静时，才体会到花的美；当我们不高兴时，看到花可能会引发潜在的悲伤或愤怒的情绪。因此，花的美不是来自于花本身，很大程度上是来自于我们的成见。

美是什么？其实美不是花，美也不是人，美也不是房子，美就是你自己，你自己的内心。你用柔软的眼睛看它的时候，它是柔软；你用愤怒的眼睛看它的时候，它是愤怒。美就像镜中的脸，你的脸上是肮脏、污染的，那镜中的它也是一样。微笑的你，在镜中看到的也是微笑。

再举一个例子来说明，假定在你面前有两张钞票，其中一张是假币，但从材质和外表上分辨不出来，当我指出其中的一张是真币，你的心就对这张真币产生了知见，而对另一张另眼相看。这种分别的感觉，不是来自于这两张钱币，因为它们的外表是一样的，而是来自于你的内心。美也是如此，它产生于观察者的内心。

一般来讲，观察事物有两种方法：注重内在品质和注重外表。认识人也是如此，也有外在的美和内心的美。当今社会注重外在的美，而忽视内心的美。这种观察的方法会造成深刻的问题，因为观察一朵花和观察一个人有很大的区别。然而，我们经常把一个人当成一个物体来观察。当我们看一个人的外表时，我们就评论说，“你很漂亮”，不久之后，就说“我爱你”。但是，人的美是内在的。如果无法看清人的内在美，只依靠外表来决定与谁约会的话，也许很快就会因为看法的改变而分手。

当人们将他人当成物体来观察时，得到的结果往往就是这样。事实上，我们真正喜欢的人一直都是美的。

一朵花的美和一个人的美有很大的差别。人的美与花不同，主要取决于内心。西藏有句谚语，“人的精彩在于内，老虎的精彩在于外”。要发现一个人的美，必须透过外表去观察，探索其内在的美，不然就会产生问题。假定有两个人，一位心肠很好，但外表不吸引人；另一位则外表很吸引人但心肠不好。哪一位有真正的美？我们首先注意到的是外在的美，但很快会从言谈举止中认识到他是否善良。如果我们与外表很美丽但是心肠不好的人相处数月，迟早会发现他有嫉妒嗔怒等负面情绪，这将使我们重新认识他，慢慢地，对他的认识改变了，甚至相处的时间越久，就会发现越多不良品质，原先的美完全消失了，最后，再也不想看到他了。

当我们和好心肠但外表没有吸引力的人相处时，他的内在美会通过善行逐渐显示出来，更仔细地观察后，我们会发现他有一张美丽的脸庞，而且和蔼可亲，我们当然希望常见到他，与之更多交往，最后，发现他是真正美丽的人。培养内在的美非常重要，内在美使世界更美好，生活更有意义。

美不是从外部产生的，它是内心对外部世界的反映。不幸的是，人们极力装饰外表和措辞，忽视内在美的培养。当我们内心快乐时，会用同样快乐的心态看待周围的事物。同样的，如果内心充满嗔恨，就无法看到身边美丽的世界。而看到美丽的事物，总是让我们感到愉悦。所以，很多人花了很多时间让自己看上去更吸引人，但永远不要忘记，如果我们内心不美，不可能看到美。拥有美丽的心灵，才能感觉到平静，感觉到快乐。

现在有许多种类的洗涤机器，如洗碗机、洗衣机、洗车机等等，但我们其实只需要一个万用的洗涤器，即心灵清洗机。让外在的世界保持干净和整洁没有问题，但要内心世界做到如此就有困难。如果我们无法保持内心的纯净，其他人就无法认为我们是美丽的，我们也无法感知他人的美丽。如果我们无法培养内在的美丽，从平凡心中产生的感觉，将带来不悦和痛苦。西藏谚语道，“水无法迅速渗透石头”，人的善良和美丽也需要长时间的培养，不可能即刻形成。

当两个人相爱时，电话联系不断，时刻想念对方，寝食不安。人们认为这才是在恋爱。现代人的恋爱方式，不像动物，也不像以往的人类。现在的恋爱方式是，认识时间很短就结婚，不久就离婚。这是由于对美来自于内心的事实缺乏了解。美丽来自内心，没有美丽的心灵，就没有什么是美好的。如果内心是美好的，一切都是美好的。

信念

信念是尘世快乐的根本。正确的信念如同钥匙，开启我们在尘世转变、平静、生存之门。有了它，才有可能维持人与人、国家、宗教之间的良好关系。没有它，想要快乐就很难。

快乐能否保持，取决于我们的信念。有正确的信念，我们与他人的互动会圆融和愉快。当信念不存在、不正确，我们会孤独，空虚，不快乐。

信念有不同的级别和种类，有基于虚幻的爱的信念，还有无理由的盲目信念，但这两种信念都不是正见。无知的信念会阻止正确信念的形成，从而使我们不快乐，破坏内心的平静。

基于虚幻的爱的信念是欲望和执着的信念，对人没有帮助。盲目的信念源于习惯，比如，我们所处的国家和家庭会有一些强烈的信念，我们因为与生俱来的接触和适应而持有这些信念，但并没有原因使我们相信它。

这两种信念都是正确信念的敌人。如果不可避免产生了这样的信念，必须要觉察它们，不要把它们当成最后的信念。人们往往不知道什么是正确的信念，而错误地持有这些信念。必须强调，正确的信念才是持久快乐的源泉。我们似乎也很容易分辨出这两组人：一般老一辈持有强烈的盲目信念，年轻一辈则持有欲望和执着的信念。这两种信念都是错误的。它们不能带来持久真实的结果。

孤独是缺乏真正的信念所带来的问题。很多人有抑郁症，抑郁症的根源在于孤独，认为世界上没有人和他有联系，没有人可以信赖。经常听人说他不能信任任何人，有这样想法的人常常以为自己很友善很沉稳，而问题在于他人。他们可以找出他人不可信赖的种种有力的证据，但如果他们不相信他人，实际上证明连自己都是不可信的，这会摧毁我们自己。

不要从别人身上找原因，原因在于自己。

如果我们无法产生正面的情绪，和别人相处时出现问题就不奇怪了。为了改变周围的环境，我们必须培养良好的情绪和正确的信念。

对于凡人而言，掌握正确的信念十分不容易。但我们可以掌握尘世的观念，而通过掌握尘世的观念是帮助我们形成正确信念的唯一的途径。

正确的信念是我们转变的关键，但转变依靠外部条件以及外部条件之间的互动。必须有正念使之互动，不然，什么事都做不成。

不管我们向正面还是负面变化，改变都将依赖外部因素，同时也依赖于心。如果我们不依赖外部因素只依靠自己，就如同砍掉四肢的身体，无法完成任何事情，就像西藏的谚语所说，“不管一个人有多勇敢，对自己的攀登能力多有信心，没有手臂永远无法攀登岩石”。同样，如果我们对自己有信心，但拒绝他人的帮助，也无法成就事业。我们必须依赖与外界的互动。

我们经常希望被别人信任，而自己却不愿意信任别人，这是一个问题。如果认为自己才是唯一能被信任的人，而每个人都这么想，那么在家庭成员之间、朋友之间甚至国家之间就会产生矛盾，也是让我们变得孤独的原因。即使我们有家庭，也会觉得与之格格不入，在自己家里也像一个陌生人。这种问题是由错误的信念所造成的。

理解和培养正确的信念是解决问题的方法。正念是觉知一切事物的根源。正念的保持，将为生活带来幸福。

痛苦

痛苦和快乐相互依存。快乐包含痛苦的种子，痛苦包含快乐的种子。我们观察痛苦和快乐的感觉，认识到它们可以互相转换的实质。从痛苦中会产生快乐，从快乐中也会产生痛苦。一个人体验快乐时，也将很快体验到痛苦，只是一个时间问题。

众生因无明而痛苦，我们经历的情感都源于“自己最重要”的强烈我执，我执只在自己的角度上观察所有的存在。结果是，只考虑到自己的观点而非别人的观点，从而导致执着于自己的观念，而不反映自然状态。这种成见表明强烈的自我意识，这种意识将我们与他人分开。

强烈的我执，使我们感受到快乐和痛苦的情绪。我执是负面的情绪，我执本身就是痛苦。基于我执的快乐，随着时间的消逝会很快变成痛苦。我执是快乐变成痛苦的原因。

为什么我执会造成痛苦？强烈的我执是一种不平衡的情绪，阻止和破坏我们体验内心的平衡，而内心保持平衡才是真正的快乐。如果由于强烈的自我而产生快乐，那么快乐产生的同时就已经产生了下一刻的痛苦。西藏有句谚语，“当快乐时要控制自己，痛苦时也必须克制”，这个建议会帮助人们检查他们不平衡的情绪。

情绪可以归纳为三类：快乐的、不快乐的和中性的。这三种情绪都有痛苦。我们已经看到快乐包含痛苦，我们不需要考察痛苦中包含痛苦，让我们来分析中性的情绪如何包含痛苦。

我们定义中性的情绪是痛苦还没有显示、还未被认出或被体验的情绪。普通人也许认为中性的情绪没有痛苦，实际上痛苦的显现只是时间问题。

比如，你坐在椅子上，开始很舒服，时间长了，就感到了痛苦，心想最好站起来散散步。散步使你快乐，但过了一段时间，你从散步的片刻快乐中，感到了固有的痛苦。有人认为放松带来快乐，有人认为积极的态度带来快乐，事实上这些活动都包含了痛苦。如果我们真的相信工作、吃饭、睡眠能带来快乐，那我们为什么不每天一直做这些事？原因之一是，我们知道这些活动中至少一项不能给我们带来快乐；当然，这也给我们带来一个幻觉，就是不断地寻求改变，因为我们认为从一项活动跳到另一项活动会带来快乐。

我们总是试图通过改变行为、工作、朋友和外貌来创造快乐。我们寻求快乐的感觉，但持久的快乐无法从这些外部的改变来获得。

我们认为没有痛苦就是快乐，这是因为我们没有能力感觉痛苦。进一步地观察，能使我们更好地发现快乐和痛苦的周期。认为“没有痛苦就是快乐”造成了工业国家的毒品问题，人们用吸食毒品带来的快感对抗痛苦，结果由于毒瘾而造成的痛苦不知道比原来的痛苦增加多少倍。

当感觉到强烈的痛苦时，快乐的感觉就消失了。同样，当快乐产生时，痛苦的感觉就消失了。痛苦不可能被消灭，但可以通过产生另一个强烈的感觉使痛苦减轻，这种强烈的感觉不一定是快乐，一个痛苦的感觉可以被另一个更痛苦的感觉取代。这并没有使痛苦消失，痛苦仍然存在。

假设你很累，感觉不愉快。如何能帮助你摆脱这种痛苦？可以给你讲一个很有趣的故事，创造出良好的感觉来忘记疲劳。也可以使你产生更大的痛苦，比如，讲一个伤心的故事使你落泪，让你忘记疲劳这个比较轻微的痛苦。

快乐和痛苦都是我们思想的产物。我们培养快乐的想法，就会感受到快乐。我们认为万事皆痛苦，就会经历痛苦。因此，当我们快乐和痛苦时都必须当心，因为是我们自己的决定使然。

人的本性是经历痛苦时就想解脱痛苦，而这种想法额外地增加了痛苦。快乐也是如此，我们希望保持住快乐，但这种想法却导致了痛苦。一方面想摆脱痛苦，另一方面又想保持快乐，这些欲望都导致痛苦，其他强烈的欲望也同样如此。

假设我们真的要帮助人，这种信念有可能变成一种强烈的欲望，当我们非常执着于此，就会导致痛苦。在世俗的想法中，帮助人好像就是好事，而不帮助人就不好。但是，想帮助人的欲望却往往基于我执。

人们经常认为，有钱人会少一些痛苦、少一些问题，但这不是事实。有钱人会害怕失去财产而产生痛苦。相反，乞丐不因为担心失去而痛苦，但想从别人那里得到东西的欲望也会使乞丐感到痛苦。不管我们是谁，都属于这两类人。我们有时害怕失去，或是希望得到。即使离苦得乐的愿望也会使我们痛苦，每件事包含了痛苦。

人人都追求快乐，但不确定是痛苦的感觉使我们快乐，还是快乐本身使我们快乐。举个例子，茂密的森林着火了，如果火势小，风可以吹灭它；如果火势很大，风可能会助长火势。快乐和痛苦的转换也是同样的道理，它取决于心，如森林中的风。

有句谚语，“坏事可能变成好事”。如果快乐是目标，可以以痛苦为道去达到快乐，当然快乐本身也是一个途径。

离苦得乐是众生的共同目标，这也表明众生都在遭受痛苦。

人们采取许多预防措施来避免痛苦，但痛苦是不可避免的。那些认为人生宝贵、体验快乐十分重要的人，是真正能享受快乐的人。我们只有经历痛苦才能感受到快乐，痛苦的经验催生了快乐的感觉。

因果报应的原则说：好的因得到好的果，坏的因得到坏的果。但我们根据自己的人生经验有时会对因果报应论产生怀疑，这说明我们对痛苦和快乐还是不了解。不是说不要追求快乐，但这里所说的快乐是真正的快乐。

同样的道理也适用于助人的行为，不是不要帮助人，但有时帮助人也可能是造成痛苦的原因。帮助的一方已经尽力，但是否真的做了好事？

不管做什么事，最重要的是动机。帮助他人是好是坏不重要，重要的是帮助他人的意图。当帮助他人的心生起时，我们不能肯定是否出于慈悲心，必须要觉知我们的行为大多是被欲望和与欲望相关的想法所支配，很少真的担心别人，往往是由于无法忍受自己的忧虑而导致我们帮助别人。慈悲是快乐的结果，不是出于担心，由于担心而帮助人不能生起慈悲心。

出自慈悲心的行为，永远不会带来不愉快的感觉。不管接受者的反应如何，都不会受影响。如果是出自慈悲心而帮助人，即使他人有负面反应，也不会使自己痛苦，反而能够产生更大的慈悲心。帮助人的行为如同雪花落在海洋中，开始雪花和海洋有区别，随后就融入海洋，和海洋同质；同样，助人和被助人的生命将永远合一，不再有分别。慈悲心的增长使我们产生快乐与平静，所以对别人的负面反应就不在意了。

痛苦的时候，解决痛苦并不是唯一方式。当我们真正生起慈悲心，就会化解痛苦。要生起真正的慈悲心是很困难的，所以我们有许多不愉快的感觉和经历。如果我们得到的不是真正的快乐，那会导致更多痛苦。即使在强烈的快乐中，也常常伴随着害怕失去这种快乐的痛苦。这些担心都是痛苦的原因，这种惧怕表示我们还没有了解真正的快乐。

我们的快乐是很奇怪的，它经常导致痛苦。我们试图在生活中仅仅体验快乐，希望以快乐取代痛苦。当我们经验快乐时，我们马上想，“这就是快乐，我们很快乐，我们已经得到了快乐！”可是直到现在，人类还没有办法运用适当的方法保持快乐。

现在来讨论追求快乐时所体验到的三种痛苦。第一，我们很难感到快乐，结果是痛苦。第二，我们感到快乐但害怕失去它，结果也是痛苦。第三，我们不知道寻找快乐的方法，结果还是痛苦。

另外，三种痛苦的经验如下：第一种情况，当我们还没感到痛苦时，就努力想避免，最终导致痛苦。第二种情况，我们体验痛苦本身。第三种情况，当我们从痛苦中解脱出来，却担心未来的痛苦，结果产生新的痛苦。

快乐和痛苦的真正区别是什么？这两种感觉都会引发痛苦。我们无法正确地了解快乐，并缺乏达到快乐和保持快乐的正确方法。痛苦也是如此，我们不明白痛苦是什么，我们所描述的痛苦是快乐和痛苦掺和在一起的鸡尾酒。

西藏有这样的说法，“如果无牙就不用担心缺齿”。同样，如果不经历快乐，就没有痛苦。每当我们享受快乐时，痛苦一起免费赠送。只有真正的快乐才不会有痛苦的伴随。

在古代，勇士看到自己身上的伤口和血迹，会鼓起勇气战斗。在现代，人们看到自己的血马上会晕倒。这说明每件事情都取决于如何观察和解读。如果能正确地理解发生的事情，找出好办法，就可以将痛苦转化为快乐，而快乐也仍然能保持。

接受

接受是对治痛苦的最好方法。接受是一种心灵的品质，每个人都有这种能力，都有接受他人的潜质。

我们通常认为，接受外来事物会使自己受到伤害。于是，我们越来越不愿意接受外来事物。但是，如果不接受生活中的事物，我们就无法接受生活。拒绝生活中的事件，是我执的表现，强烈的“自我”将使我们经历许多的负面情绪。

例如，假设你的健康出现严重的问题，你会问“为什么这会发生在我的身上”。这说明你无法接受生病的现实，而你越担心，身体就会越糟。如果你选择只是体验生病的感觉，疾病就不会给你带来额外的痛苦。你的感觉将更加平衡和平静，甚至能够帮助你痊愈。

如果我们接受任何发生的事情，最糟糕的问题也会成为生活的一部分，不再占据自己的心。接受是驾驭问题的唯一方法。接受现实，我们就像炼金士一般掌握了点铁成金的秘密，遇到问题时就可以将其转变为对生活的理解。

不接受生活的态度使我们感到渺小和无助，“自我”就开始捉弄，悲伤和不满使我们抵触环境，导致痛苦。不接受的初衷是要得到快乐，而结果却是相反的。遇到问题时，正确的态度是将它视为正常。只要认识到别人也经历过和自己一样的问题，我们就不会孤单。

我们会一直遇到困难，这就是生活。通常，我们遇到困难时是不肯接受的。这会带来更大的问题，实际上增加了痛苦。为什么不接受和处理它们？接受将帮助我们达成寻找真正快乐和宁静的目标。

不接受现实将导致三种痛苦：第一，即使我们不接受现实，痛苦依然存在。第二，陷入拒绝中，痛苦依然存在。第三，即使克服了这种拒绝，原先的痛苦依然存在。这是痛苦开始、中间和结束的三个阶段。

这里讲述一个小故事。我有一个弟子，她是虔诚的人，但是有一次她特别担心慌张，满脸焦躁地跑来问我，观世音是否存在。我说发生了什么事，她说，儿子不听话，丈夫不听话，现在的家糟糕透了。师父你有什么办法，现在我念哪个佛更好，或者你有没有更可靠的经文。我跟她说，我明天将传给你一个"咒语"，但你要给我一笔钱，因为这个"咒语"我从来不外传。它是最秘密的。第二天她拿了钱来，让我教她。她虔诚地等待着，而我传授的第一个"咒语"是接纳，第二个"咒语"是接纳，第三个"咒语"也是接纳。为了增加这个"咒语"在她心里的价值，必须让她付出高额的费用来学这个东西。当时她愣在那里，当下有一种恍然大悟。也许她十几年或者二十年的念佛从来没有体验过这一刻。因为原先念佛和祈祷，都是想改变她的孩子和丈夫，想让他们服从她的欲望模式来活，是用自己内在的执着去强求和压迫别人的思想。突然间这一切融化了，一瞬间她能够接受一切，包括她的丈夫和小孩。这个心生起的那一刻，她感受到快乐和平静。心融化了，如同一滴水落入大海。

我们有前世吗？

一般而言，有无前世是无关紧要的。但如果接受了前世的观念，我们观察生命的视角就会拓宽，这个拓宽的视野将使生活的感受更加平静和舒适。一旦我们接受了前世存在的观念，就会更加珍视现世的人际关系，尊重他人价值。没有前世的观念，我们对待他人就会像对待物体一样。

我们能够认同前世意味着什么？我们的生命不再是

局限得像土堆般的物体，它会宽阔很多。这个宽阔意味着什么？人狭小的心灵有更多的空间和角度去阅读自己的人生。简单来说，禅修并不是要你相信前世，但也许你相信前世之后，生命里面多了解读人生的一个机会。之后你会明白，也许你的存在本身，完全是想象之外。你的生命不是这么简单，它其实充满无穷精彩，是源源不断的精彩。

询问那些不相信前世的人为何不相信，总是没法得到一个好的理由。强烈的怀疑使他们无法接受前世的观念。这些怀疑是什么？通常是因为他们无法回忆起自己的前世。对前世的失忆，是他们不相信前世存在的唯一原因。

的确，我们很难回忆起前世。因为我们的意识在不同层次上有不同的功能和知觉，最细微的意识从上一世传递到下一世，依赖于肉身的粗重意识则不能传递到下一世。我们的心不断地在细微和粗重意识中转换：粗重的意识掌握大部分的思想，但持续的时间很短，所以，我们的决定容易改变；细微的意识是我们的觉性，我们的真实所在。这种觉性即我们的真我，从一世到另一世保持不变。

观察梦的本质，可以证明粗重的意识使我们无法回忆起前世。在梦境中，我们的意识比醒的时候细微，当我们醒来后，粗重的意识取代了细微的意识，细微意识进入了待命状态，这种转变使我们记不得所做的梦。

我们都有过愉悦的梦境，当沉浸于美梦中，会觉得梦境是真实的。醒来的时候，粗重的意识取代了它，我们的脑子马上被生活中的其他思想占据而无法描述梦的详情，可能有对梦的大概印象，但是细节已经被抹掉了。做梦和醒来的是同一个人，本来可能记起的梦，为什么记不起来了？

粗重的意识有限，只能保留今世的经验，我们不能依赖于今世粗重的意识，因为它们只关联短暂的因素。因而，明白细微意识发生作用的过程是很重要的。例如，看到某人的脸庞，这与粗重意识有关，如果你闭上眼睛，回忆那人的脸，恐怕无法清楚地记得，如同你通过有涟漪的水面看自己倒映在水中的面容一样，影像模糊不清，但奇怪的是，半年之后，你可能在梦中见到他，他的脸栩栩如生。这怎么可能？这是因为这个人的脸在你的细微意识中留下了强烈的印记。当你做梦时，粗重意识退去，细微意识控制了心，这个人的脸就清楚地重现在心里。因此，我们都有清楚回忆的潜质，这取决于意识活动的深度。

回忆前世的原理也是如此，我们都有回忆起前世的潜质。但如果从外部寻找答案，我们不会成功。要了解前世，必须开始内心的旅程，审察内心的功用，意识会变得越来越微细，最后，就能回忆起前世的细节。

我们在今世见过许多人，经历过许多事，可有谁记得所有的事？能做到这样的人很少。即使是让我们回忆一场刚听过一个小时的讲座，大约也只能回忆起10到15分钟的内容，我们的记忆就是如此的局限，要记住刚发生的事情都有困难。

我们当前的念头非常强烈，彼此重叠，对前世的记忆也是如此。但如果认真地回忆过去，将能够一点一点地记起往事。请做这个试验：请回忆今天起床后做的所有事情。你能记住多少？当你的心能真正记住这一天，粗重的意识会让位于细微的意识，你就能记得所有的事。

从前有只住在井底的青蛙，有一天，洪水将一只海龟带到了井里。青蛙问海龟："你从哪里来？"海龟说："从浩瀚的大海来。""浩瀚的大海有多大？"青蛙问，"有我的井的一半大吗？还是一样大？或是稍大一点？"海龟试图解释大海的浩瀚，但非常困难。海龟如何能找到例子，比喻大海的广阔？井底之蛙由于见闻所限也无法理解大海的浩瀚。我们也同青蛙一样，理解力有限，以我们所见为真理，不相信前世的人更是如此。我们的记忆很有限，几乎没有人能记住他们出生时的情形，但却相信别人对此的描述。同理，对于前世的问题，不能因为记不起前世而否认前世，就如同我们记不得出生时的情形，就否认我们出生过一样。

细微的意识将记住所有的细节，当有个印记进入细微的意识，它就不会磨灭。只要我们有能力进入细微的意识，就可以回忆起前世。那么如何进入细微的意识？首先进入细微的意识必须要通过强烈的输入，比如强烈的情感，正面或是负面均可，正如西藏的谚语道，“如果你对别人一百个好，他们会忘记，如果你对别人做一件坏事，他们一定会记住”，负面情绪会产生更强烈、更深刻的印象，因此我们往往记住痛苦的经历而无法记住快乐的经历。另外，进入细微的意识要通过禅修的方式来练习专注，回归深层。

有了前世存在的观念（因此，也有来世），会使今世的生活平静和愉快，因为这种观念开阔了我们的视界。另一个相信前世的理由是，我们会认识到行善对人生的改变。因此，不需要对前世有疑问，更重要的是，要知道前世的观念给我们带来的利益。

为什么微笑？

当我们看到他人微笑时，会产生一种有魅力、友善和容易相处的印象。我们喜爱微笑，微笑会使内心产生愉悦的感觉，微笑不只是挂在脸上。

一般情况下，我们对某人微笑，他也会以微笑回报，不只是因为我们的笑容，而是他知道微笑来自于内心的快乐，我们的快乐使他人也感到快乐。因此，微笑得到微笑的回报，我们对他人微笑，对方也以微笑回报，使我们感到快乐。这种感觉源于万物的相互依靠，也就是所谓的缘。

微笑非常好，不仅有益于他人，同时也平衡我们的心灵。真诚的微笑源于真诚的心。微笑通常被视为与人交往的良好方式，但是，在某些情况下，人们的微笑并没有反映真实的感情，这时的微笑就是虚假的。比方服务人员的微笑，是他们希望顾客感到愉悦和舒适。许多人认为微笑表明了他们的快乐。但是，即便很愤怒，他们仍然会微笑，这种微笑是装出来的，而非发自内心。当这种装出来的微笑持续一段时间后，他们必须去休息，以便继续假装。

帮助别人很重要，但更重要的是先自助。当我们脸上露出发自内心的微笑时，我们就向别人传递了友善和平静，这是我们能给他人的最好的帮助。当我们感到不快时，再想帮助他人，就会出现内心的冲突。这是由于自己内心不稳定，只是为了帮助别人而帮助别人的表现。这也有可能成为一种习惯，正如西藏的谚语所说，“当你想掩盖自私时，你口里就会说是为他人”。

发自内心的微笑，对他人和自己都有治疗效果。但是如果强迫自己笑，就会伤害自己和他人。如果内心不平静，产生一个发自内心的微笑都很困难。

当我们真心要帮助其他众生时，必须首先使内心处于平静的状态，这种心态将产生内在的美。源于内在美的微笑，会给他人带来快乐和利益。这时他人回报的微笑，就不只是表面的反应，他们会感觉到我们所传递的美好感觉，他们微笑以回报我们平静的心。

发自内心的真诚微笑是有益的，这种微笑使自己内心平衡，并使周围的人处于良好的状态。

笑是苍天给予人类的最好的礼物。世界上有无数很聪明的动物，甚至是接近于人类的，但是似乎没有会笑的动物。笑是最美的东西，笑是放松和自在，也是美德。人与人之间相处的时候，第一重要的不是言语，而是笑容。但是现在的人，往往只会虚伪地笑，我们忘记了笑容的快乐本质。为什么笑那么重要？因为你笑的时候是忘我的状态。忘我的状态让你变得松弛和平静。

现代社会的迅速发展，给人们带来巨大的压力，人们因此缺少微笑。大都市里的人，最缺少微笑。他们并不是不爱笑，而是环境不允许他们笑，好像不笑才是一种正常的反应。其实这样的方式阻碍了天性。人天生喜欢笑。这个时代是渴望笑容的，笑能调节自我情绪，调节内心悲伤和造作。笑容是调节内心的免费良药。都市女性，天天去装饰自己的脸，洗自己的脸，浓重地化妆。但是如果能够懂得微笑，就如同能够清理和洗礼自己的内心，微笑的那一瞬间你就是最美的。

西藏的医学认为，笑的时候，胸中的郁闷之气瞬间就消融了。抑郁的人，焦虑的人，紧张的人，他胸口的气是堵着的。但是一旦笑出来，这堵着的气就没有了。你的微笑是生命内在的正能量。人给予世界的最好礼物也是微笑。你的微笑是爱，在他人内心种下一粒放松而纯真的种子，其实你就是做了一个善的功德。

人生是一场梦

我们通常认为人生漫长，事实上，人生相当短暂，如一场梦。认为人生漫长的想法源于我们对时间的错觉。

就时间而言，人生也不长。假设我们的寿命是一百年，其中大约有三十年用于睡眠，二十年在学校念书，这就只剩了五十年的时间。我们读完书后，四十年用于工作，那寿命已经去掉了九十年。我们读书和工作的目标，当然不是为了变老和受苦，而是希望生命其他的日子能够愉快和悠闲地度过。但是，当我们不再工作时，就已经进入了老年期。老年期通常是更加痛苦，因为剩下的八年时间，只是在等死，而最后的两年，更是在病痛以及对即将到来的死亡的恐惧中度过。

回顾一百年的人生，其目的真的只是为了三十年睡觉， 二十年学习， 四十年工作，然后剩下的十年都在虚弱和病痛中度过吗？人生的目标是什么？我们为谁以及为什么在努力工作？这些事并没有使我们接近自己的生活目标，也没有使我们生活得更有意义。在生命的最后日子里，有可能满足我们过上幸福生活的目标吗？

生活和我们的梦一样，没有什么意义和结果。当我们从梦中醒来，会发现梦已经逝去，虚幻不实。同样，当我们走到生命的终点，会认识到我们并没有过上自己希望的生活。所以，让生活更具有意义和创造力，是十分重要的。

我们为谁以及为什么努力工作？我们生活的目标是为了一辈子侍候某人吗？当我们探索人生目标时，往往会感到十分困惑。每个人都想寻找快乐，但是在人生中总是会遭遇痛苦。学习时会受苦，工作中也会受苦，只有睡眠可能是中性的无苦状况。那快乐的状态何处去寻找呢？

大多数人无法实现生活的目标和希望。我们被日常琐事缠身，总是想未来的某一天能完成目标，总是想在生命的终点，想什么时候能有闲暇去做自己愿意做的事情。但是，每个人都不可避免地会死。生命是不确定的，没有人能控制死亡的时间。因此，不能等待幸福的到来，最重要的是享受生命的每一刻，在每一天中实现自己的希望。

生活像一团羊毛线一样不断松解开来。地球上几十亿人，没有人可以逃脱死亡，我们做的每一件事都使我们趋向死亡。生命就像水管中的水，只朝一个方向流动。每个人都不希望变老、死亡，但是，我们面对衰老和死亡，别无选择，无能为力。

今天的生活必须今天就觉知，明天的生活明天再说。不要每天受苦，然后希望未来变好。

我们视人生如梦，其实人生是比梦更强大的幻象。一旦我们失去对人生真正意义的了解，就会被这种幻象摄受，认为人生的目的就是学习、工作、睡觉、变老，最后死亡。这样一来，人生就成为幻象，成为各种幻象的一种。

一个人无论多么聪明和博学，很少能在死之前完成自己的目标。因此，我们必须从一开始就享受生命的每一刻，这样才有意义。

我们经常谈论过去和未来，好像它们和现在无关。必须知道，现在是最重要的，因为现在包括了过去和未来。现在是未来的因，现在是过去的果。我们必须活在当下，并且活得快乐，因为生命有可能在下一刻终结。

未来要实现的事情，要从当下开始，没有当下就没有未来，还有可能明天我们已经不在。如果今天活得没有意义，未来也就没有意义，必须记住一切都是因缘相依的。生命位于当下，没有比当下一刻更重要的时间。明白了这一点，将使我们更深刻地了解过去和未来。

许多人不了解当下的意义，将希望寄托于未来，而未来是不确定、不可靠的。如果我们能够生活在有意义的当下一刻，生命将非常有意义，过去和未来也将非常有意义。未来将成为现在，而现在将成为过去，这就是生命的流动。

在你生命最后的那一刻，不管曾经发生过多么辉煌的事，有过多么精彩的经历，那一刻都会无法保留。也许你曾是千万富翁、百亿富翁，修建过世界上最高的高楼，拥有过一百个女朋友……但临终的时候，这一切对你来说如同水中的影，你抓不住任何东西。这意味着什么？在当下快乐地活着是很重要的。

不要和生活较劲。不管是对你的爱人较劲，对你的孩子较劲，对政治或者整个环境、整个社会较劲，对你来说，最后生命的那一刻，终止的那一刻，一切都如同水中的影。你没有办法抓住任何东西。

享受此刻很重要。真实的不变和真实的存在只有当下，其他一无所有。

永远不要忘记，人生就是当下一刻。

慈悲的力量

慈悲是一种帮助其他众生的情感。当一个人生起慈悲心，则会为自己带来巨大的利益。在所有人类的情感中，慈悲是唯一不伤害他人、同时又能利益自己的情感。

我们能从慈悲心中得到什么呢？培养慈悲心能减少强烈的我执。我执是造成生活问题的主要原因。从我执产生的情感，很难确定是能帮助他人还是伤害他人。慈悲心可以对治和减少我执。在无我执状态下做出的决定和计划，能够带来幸福。培养慈悲心，是消除我执的最佳途径。

对他人生起慈悲心的人，得到的利益比慈悲心施予的更多。但是以期望回报的态度发慈悲心，就误解了慈悲心的含义。要牢记，当我们发起慈悲心时，一种幸福的感觉同时生起，此外别无他意。我们的行动，不管是帮助别人或是馈赠礼物，都能达到幸福的目的。

生起慈悲心能同时体验并获得幸福，还能培养其他的良好品质，是获得幸福人生的基础，没有任何其他方法比慈悲心更殊胜。

慈悲是生活中最有力、最珍贵的情感，生起慈悲心的一刹那，可以摧灭多年的苦痛。即使刹那的慈悲心，都将给人带来大乐，并有助于度过不愉快的过去和苦痛。没有任何方法能像生起慈悲心一样，使我们迅速地从负面情绪中获得解脱。

生活中的问题都源于强烈的我执和攀比，这种态度使我们产生其他的负面情绪，比如嫉妒、嗔怒、傲慢等，它们都带来无尽的痛苦，只有慈悲能防止我们受苦。

每个人都有过与别人相处的问题，这类问题是如何发生的？如果人与人之间的关系不是基于慈悲，而只是某种心理或身体的行为，便是基于我执的关系，只要问题还没发生，两人会相处得很好，比如互赠礼物和互相帮助，一方可能非常接近另一方，以便享用其关系。但只要这种关系是基于我执，发生问题只是迟早的事情。在这样的关系中，我们还可能认为自己有慈悲心，只是不知道如何运用。

在我执的基础上建立起来的关系还会遇到什么问题？通常我们会和自己认为善良、顺眼和体面的人建立关系。但是当他们和自己的期望不一致时，我们就会惊讶、失望，甚至嗔恨。由于每个人都有某种程度的我执，于是非常难找到你所期望的人，这就是为什么建立在我执基础上的幸福总是飞驰而逝。

真正的怜悯生起的时候，傲慢的心没有了。傲慢的心没有了，就不会有愤怒的情绪。不会有愤怒的情绪那一刻，你就不会有被伤害和被抛弃的可能，因此，这种潜在的痛苦就没了。怜悯生起的那一刻，你接受了一切。接受了一切，条条框框就完全没有了。在平时，判断、傲慢、焦虑的绳子把我们绑得很紧，但是慈悲生起的那一刻，你不在自己的标签里，不在自己的概念里，能够纯然地以生命与他人的生命一起互动。

【贰】人生即修行

祈祷

你通过祈祷，融合在爱的海洋里，融合在智慧的虚空里，如同冰块融化之后变成了大海的力量，你变成了力量。祈祷的目的是回归到自己的内心。

一

每一个文化、习俗都有不同的祈祷方式，每一个宗教也有不同的祈祷方式。这些祈祷，有的人要有个对象，我们叫做偶像，佛教式的佛像，用一些像来引领这个祈祷本身。有的人不需要像，但是必须要有声音。还有人祈祷的时候，既不需要对象，也不需要声音，但是要有仪式。总而言之，祈祷必须要有个对象，才能引领人内在的心灵。

从人类文明开始，仪式性的祈祷就一直存在。这些仪式性的祈祷帮助了千千万万众生，当他们内心感觉脆弱、担忧、饥渴的时候，用祈祷的方式来增加力量，化解担忧，满足内心的饥渴。但深层的祈祷则不是这么简单，尤其是佛教当中你与生命深处的本尊的连接方式，或者是其他宗教当中你与神的连接方式，这些都是更神秘、更奥妙的。

怎样跟生命深处的本尊连接？怎样和世界最神秘的上帝连在一起？祈祷的神秘，对你自身来讲，是要去了解和探索的最神秘的一个东西。有时候你心外的那个天堂，是祈祷的对象；有时候你心外的那个佛，是祈祷的对象；有时候则是你心外的上帝或者是神。不管如何称谓它，对它的探索是一种神秘的方式，除了相信，没有任何方式能够证明这些对象的存在。

祈祷是粉碎自我的一种过程，也是认清自我缺失的最好方法。有了真诚的祈祷，可以瞬间摧毁那个戴着有色眼镜的自我。你祈祷的时候，站在一个伟大的纯真无瑕的菩萨面前，知道自己是如此渺小，如此不足，那个时候你面前的他，代表着力量无穷、慈悲无穷、智慧无穷。粉碎我们强大自我的过程，是有祈祷的力量在这里。

有的修炼者一辈子没有修过任何别的东西，只是祈祷。比如一位瑜珈大师，伟大的修炼者，一生中祈祷的时间有五十二年，之后他完全觉悟。那一刻他说，现在我见了佛也没有任何疑问。他祈祷了五十二年，这意味着什么？他曾经特别迷茫，一直想抵达一个说不清楚的最神秘的地方，最终因为祈祷，他通达了那个地方，这一刻因此沉浸在无比的喜乐当中。此刻即便见了佛，也再没有一句想问的东西。他那一刻大彻大悟。后来他成为一位母续金刚伟大的传承持有者。他的祈祷里面既有仪轨，也有无声、有声的状态，三者合一。这样的祈祷是回归心灵的过程。这种祈祷叫做融合。

原来的你是成千上万个碎片的组合，你要找回每一个碎片，每一个碎片里都有你的格局和模式，但即便这样，依然没有办法完善。因为这些格局和模式是与时间和空间一起存在，不是一生不变的东西。今天想修复的东西，也许明天不想修复，它是因为变而存在的东西。人类一个特点是，从来不认同变，希望所有东西不变。人类的追求是为了不变而追求的。恰恰相反的是，我们所有的存在是因为一种变而存在的。所以用你的模式和格局来修复的时候，永远修复不完。

但是通过祈祷，碎片的你，不完整的你，得以进入修复的过程。我们刚开始，也许依赖于仪式、仪轨。有时候依赖于声音，有时候依赖于宗教信仰，这是让生命幻象粉碎而让真实的自己得到修复的过程。但是最后你通过这样的方式，也许能够明白原来自己其实从来没有粉碎过。

过去的你认为自己是碎片，看到自己的不完美，觉得要修复，把碎片当做自己，每一个碎片也是成千上万个碎片的组合，你是成千上万个自己的存在。你感受到一个我的存在，想为这个我做一些事情，觉得成千上万个东西都是我的，丈夫、太太、孩子、五脏六腑……这个是我的，那个也是我的。每一根汗毛、每一个细胞都是我的。那个时候你的生命不仅粉碎，还在一个虚幻的模式里面游戏。

祈祷当中，先思考自己此刻的状态，这样才能最终走出来。你是个善良的人，还是一个恶人，你把语言、行为、思想一一过滤。过程当中，明白自己是一个带有伤害的人，粉碎的人，糟糕的人。但是祈祷最后的结果，却是让你慢慢明白，你并不糟糕，不需要任何修复，你本来就是完美无瑕而圆满的人。我觉得这是祈祷的最高尚的一面。

这个游戏里面，你有一个特别强大的自我，想修复它。但祈祷的真正目的不是修复本身。祈祷的目的是明白你没有什么需要修复的东西，因为自身本来是完美的，不需要修复。此时你的修复才告结束。

二

人怕孤独，怕寂寞，内心有恐惧，有绝望，宗教的祈祷可以帮助解决人内心深处的那份孤独和寂寞。人为什么要去交朋友，为什么看电视，为什么看报纸，为什么上网？因为希望有连接感。有连接感的时候，孤独感就消失了。但是现实生活中，即便人与人在一起，各自仍然活在孤独当中。为什么？因为我们连接不起来。

比如有时我们离得很近，但是每个人跟手机说话，跟它互动，没有人在相互沟通。这是一个冷漠的时代。网络是一种连接方式，可以知道这个社会发生了什么，你因此觉得自己是社会的一份子。也许所有动物都有内心孤单的痛苦，但是人的内心孤单超过所有动物，这种痛苦非常可怕。人在失去亲人的时候痛哭，为此悲伤，事实上并非因为失去对方而哭，而是为自己的孤独流泪，这是典型现象。

胆小、焦虑、抑郁、心理压抑的人需要祈祷。内心的孤独感可以化解。如同一个人站在山顶，唱着心目中的神，不管喊哪一个神的名号，或者只是一个祈祷词，念的时候，风和大山里面都是他的声音。声音让他和整个宇宙、整个地球连接在一起。此时人会特别有勇气和富足感，因为不再是一个孤立的存在。你是这个宇宙的一份子，或者反过来说，这个宇宙的全部就是你。你悟到生命更深层的核心的存在。原来的你特别想占有，怕失去，但这一刻你明白到更深的东西。你不再有饥渴，不再有占有之心。

往往有很多人在经历当中，祈祷他的宗教信仰的神的时候，整个教堂里都是这个声音，整个宇宙都是这个声音，整个五脏六腑，每一个小毛孔也是这个声音。这个时刻，你是声音的化身，还是声音是你的化身？那时我们可以得到更高层次的思考。

在社会当中感受不到人间温暖，和爱没有连接，和亲情没有连接的人，如果更多地学习祈祷，也许可以和一个最高尚的东西连接。它超过了恋爱这种情感的连接，或者是父母亲情的连接，或者是任何一个宗教的神的连接。它是你和宇宙的连接，或者说是宇宙和你的连接。你那时的祈祷是最高尚的祈祷。

对人来讲，明天是神秘而陌生的东西，它意味着所有要做的事情都是不熟悉的。人一旦要面对陌生，就容易失去勇气，不管是选择婚姻还是选择事业。陌生背后，意味着面对成千上万无法预料的事情。因此在面对陌生的时候，最主要的不是你准备了多少东西，而是你有多少勇气承载未知，就像一辆卡车一样，要看最大载重量，而不是出发时带了多少货物。出发时带的东西在路上不见得能用上，但是最大载重量可以让你心里踏实。

人类面临的最大问题是缺乏勇气。人生的失败，不管任何方式，最大的失败不是被这个事击垮了，而是被这个事所引发的种种担心和恐惧所击垮。如果你有自信，绝对有面对的力量。祈祷和自信，可以苏醒人内在正面的能量，可以点燃它。祈祷在失落和恐惧面前，如同救护生命的一个神。

我本人不知道菩萨的存在，也不知道神的存在，但是我相信他们的存在，因为“相信”会带给人力量。人在面对未知和困难、黑暗的时候，祈祷如同一盏明灯。如果你的人生在经历磨难，经历逆境，祈祷会如同黑暗当中的一盏明灯，照亮前景，因为你的信念在。祈祷是培养一个人内在信念的方式。

因此祈祷要有仪式，也要有声音。有仪式和声音，内心培育起来的信念会更强大。很多事情因祈祷而成功，并不是祈祷帮了一个人，而是祈祷的信念帮了他。不管是心灵的修炼，还是事业的成功，信念应该是唯一的支撑点。祈祷是养育人的内在信念的源泉，完全滋润自身。即便一个人盲目地进行祈祷，也有一定作用。他祈祷的过程，是培养内心信念的过程。如同婚姻的仪式帮助婚姻更坚固，一样的道理。

有的人觉得仪式多余，有的人觉得仪式重要。有的祈祷有仪式，有的祈祷没有仪式，但是祈祷的目的是一样的，不是成为一个信仰者，不是成为一个神的崇拜者，不是成为一个宗教祈祷仪式的推崇者，祈祷的目的让自己像神一样觉醒，有勇气地活着，敢于面对痛苦，接纳所有困境。

祈祷也是一种学习肯定的方式。现在我们处在一个怀疑的时代。越怀疑，人与人之间越分离。祈祷是肯定自己的方式，一个学佛的人必须相信自己能够成为佛。信神的人也是通过祈祷的方式，相信自己能够见到神。我再说一遍，祈祷的世界里，除了肯定没有任何否定，它是肯定别人的过程，但最终是肯定自己的方式。这个肯定让你明白，你原来没有缺失。你的本身跟佛无分别，跟神无分别。

人类天生有怀疑。喜欢否定别人，否定文化，否定别的事物。人天生和这种计较心理待在一起。我们在学习的过程当中，往往有疑惑才有答案。但祈祷是在肯定中找回答案，而不是带着疑惑去寻找答案。

在佛教的传统习惯当中，比如说念诵上师祈请颂，可以感受到他们的觉悟、慈悲、精进、包容以及那份无我纯粹的爱，充满觉醒的力量。站在每一个角度看它，把自己和它相比，都会觉得自己非常渺小，同时却又觉得在成为和它一样的存在。必须要肯定完美的对象，这个肯定的它，既是完美者，也带领着你。通过这个完美的带领者，在认同和肯定的同时，渐渐明白自己跟它是合二为一，毫无分别的。你知道自己和佛是不二的，和神是不二的。这是祈祷的美妙之处。

祈祷也是一种怜悯和仁慈的学习。世界的和平，人类的和谐，家庭的和睦，身体的健康，事业的顺利，所有有情生命的平等，愿他们喜乐。你在祈祷的时候，正在学习爱。你没有力量，必须借用外在的力量。我们说佛是智慧、慈悲、力量的源泉，神也一样。但是渐渐你融入到一定程度的时候，不是他们成了你爱的源泉，你自己也跟他一样是爱的源泉，智慧的源泉，力量的源泉。它既是你的源泉，也是你生命回归的地方。

你通过祈祷，融合在爱的海洋里，融合在智慧的虚空里，如同冰块融化之后变成了大海的力量，你变成了力量。祈祷的目的是回归到自己的内心，纯粹地活在爱的世界，智慧的世界，慈悲和力量的世界。那一刻，你不再孤独，不再恐惧，不再有缺失。那一刻，你就是力量，就是爱。

三

祈祷的方法有成千上万的不同。密宗仪轨当中就有各种祈祷的方法，更不用说其他的宗教。但是也大同小异，差不多都是一样，包括伊斯兰教、基督教……他们也有自己自古以来一直存在的独特而完美的祈祷仪式和内容。这些祈祷帮助了成千上万个人，不管是在哪一个时代。从我的角度来讲，祈祷的时候，一个有信仰者的祈祷，和没有信仰的祈祷是有所区分的。但不管信哪一个宗教，你在现实生活当中，每一天都应该对自己和他人、对世界做一次祈祷，在这样的过程中将会成为一个不一样的人。因为这个祈祷的过程就是学习爱。

假设我们进行祈祷，所在的环境应该相对比较平静。你问自己，有没有勇气把生命全然交给根本不知道的一个人，让他来支配。祈祷的核心是把自己全然地交给一个人。把你的生命全然地交给佛或者神，或者全然地交给公司、爱人或者亲人。你有没有这个勇气。如果没有，就很适合学习祈祷，祈祷就是全然地把自己交付出去。但是我们通常一个错误的模式是，当我祈祷时，我只是在祈求，不是在交付。这样的祈祷不进行更好。

祈祷的核心是祈祷，而不是乞讨。你当初的动机是什么？动机是你把生命全然地交给一个人。

我们在平时生活当中会感受到焦虑、压抑、郁闷、伤害，心理上有种种症状的这些人，我建议学习祈祷，怎么去祈祷呢？每天都尝试。不需要特定的佛堂、佛和神像，纯粹地在一个温暖、优雅和干净的环境里面待着。待着的那一刻，告诉自己，此刻我尝试做一次祈祷。我的祈祷是尝试要把自己完全地交付一次。

如果你是有信仰的人，就在前方观想自己信仰的那个佛或者神。没有信仰的人，就在前方想象有一个正面能量。正面能量的核心是什么？是我们人类文明从开始一直探索的智慧、爱、力量、慈悲完全融合的一个光亮在前方。你把自己的生命全然交付的同时，用这个力量为自己洗涤，没有任何犹豫。同时尽可能希望把这个力量变成自己的，希望和这个力量成为一体。你在不断祈祷的时候，它们是你爱与慈悲的源泉。

你像一个有缺失的糟糕的容器，这个容器要用爱和慈悲、觉醒、勇气来洗礼。洗礼之后，你能够承载爱的力量，能够承载智慧的力量，能够承载觉醒的力量，能够承载勇气的力量。并且自己也成为这份力量。

什么是敌人？你相信他是你敌人的时候，他就是你的敌人。你把他当成朋友的时候，他反映出来的则是真正朋友的反应。这个世界上的无和有是怎么来证明呢？任何东西，你所感受到的就是有，你感受不到的，不管它存在的范围多大，对你来讲就是无。所以不懂得爱的人，无法想象爱的力量，因为他的生命里面不存在。所以我们此刻做祈祷，不要置疑爱存不存在，或者宇宙核心是否有正面的能量，它是否是一份力量。不要带着怀疑去做，而是全然相信它。相信它的时候，它成为你。

如果进行这个仪式，我建议大家，家里有些花的话，可以让自己和花离得近一些。花把它生命所有的美绽放在你面前，它也帮助你绽放生命内在最美的东西。再来一些美的音乐。这个音乐也许你一点都听不懂歌词，但没有问题，既不是悲伤的，也不是激情的，就是让你动心的一段音乐。然后漱口，洗一下脸。坐着站着都可以，但我建议坐在椅子上。端正地坐着，以自己舒服的方式，两手轻轻放在膝盖上，手心朝上。先三次呼吸，调整好呼吸本身。静静闭上眼睛。如果有音乐，聆听这个音乐。如果前面有花，轻轻闻花香，对花生起感恩和欣赏的心。就这样待着。想象在自己的前方，有信仰者想象自己信仰的佛或者神，没有信仰的人想象宇宙间正能量的一股光在前方。不断在心灵里面默念，让这个光不断地洗涤自己。

宗教的祈祷有很多的祈祷词，但是此刻进行的时候，不需要祈祷词。只是要先相信那份爱，那份决心，那份慈悲，再是把生命交给他。这样一个过程。任何时间都可以。祈祷之前，自己树立很正面的方式，以干净、纯洁的样子来祈祷，因为你此刻连接一个最纯洁的东西，所以你也不要是邋遢的，你以最纯洁的方式站在那里，或坐在那边，听听音乐，闻闻花香，看看一些烛光、灯光。坐在那边，任何场景都可以。清净的地方比较能够帮助你进去。

祈祷过程中更多的是你的相信、接纳。不需要发出声音，是默默的意念，让前方的存在把正面的能量给予你。先是全然地相信他们有正面的能量，相信之后，是接纳。在接纳的过程中，让自己也成为一个这样的人。让自己在今天早上上班的时候，把这些正面的能量带到公司，带给员工、同事、朋友、家人、亲人甚至是全世界所有的有情生命，连一草一木都能感受。这样的方式进行大概五到十分钟。每天都要有这么一个简短的时间。

祈祷是让碎片的你领悟到完整，并且知道自己的完美。祈祷，让你从怀疑变成从此不会置疑，曾经的置疑让你无法前进，祈祷，把你迷茫的眼睛摧毁，重新给你一双因为相信而发出光芒的眼睛，带着你往前走。祈祷，苏醒了人内在的觉醒和勇气，原来脆弱的你变得坚强。祈祷，是一种勇气的学习，一种爱的学习。祈祷是神圣的，让你与一直信仰的佛连接，和你的菩萨连接。不光是连接，你自身成了这一切。祈祷，是你和宇宙之间正能量的连接。正能量连接了你，成了你生命的一份子。那一刻，你体会到自在。

禅修

禅修是认识当下的方式，也是认识你自己本来面目的方式。你的本来面目就是禅。

一

禅不是佛教独有的，也不是印度教独有的。所有宗教当中，或多或少的都有禅和禅修的存在，也许禅只有一个，但却有成千上万种禅修的方式。禅是真理，修是认识禅的方式。也许人类文明的开始就有了禅修的训练，历史上确切的时间不得而知，但是可以肯定地说，人类宗教开始之前就有了禅修的存在。有的叫冥想，有的叫禅修，有的叫观想，说法大同小异，所指是一样的。

禅修是通达究竟觉悟的方式。也许真正的禅也是觉悟，禅和觉悟平等不二。禅定的“定”是认识禅的方式。那“禅”指的是什么？禅是《心经》里面所说的，不垢不净、不增不减、不生不灭的一个状态。生命的实相可以称之为禅，真如实相为禅。无所住，无所挂碍，无所惧，无所执着，是禅。觉悟是什么？觉悟是不再有分别，不再有判断，如如不动待在生命当下一刻。是烦恼和情绪的终止，是无明的终止。这可以称之为觉悟。

自性昏迷的状态是沉睡在无明、虚幻、分别、执着里面，一直沉睡。烦恼和无明充满判断、执着、二元对立以及自己的看法，然后你慢慢苏醒。我们把这种模式粉碎，你强大的自我粉碎了，不再在局限之中活着，这个状态可以称之为当下的觉醒。当下的觉醒是禅。原生的生命如同天空一样，既没有边界，也没有中心，但是因为我们有了无明、烦恼、执着、分别，二元的束缚一直紧紧捆绑着我们。因此我们有必要进行禅修。

佛教有四禅八定的说法。有大乘禅、密乘禅、动禅、顿悟禅、渐禅、大手印禅、大圆满禅等。禅指的是每个人当下清净的生命，突破局限，超越宗教理念，跟宗教没有关系，跟文化也没有关系。真理不是文化的产品，不是宗教的产品，真理就是真理。但是我们讲解禅修的时候，不得不提起一些宗教词汇，因为它的存在更多是在宗教模式里面。禅修也许是一种宗教，一种文化，但禅不是文化，也不是宗教。为什么这么说？每一个人都是禅，但是不一定每一个人都是禅修者。每一个人都是佛，但不一定每一个人都是学佛者。

现在大家熟知的禅，是文化和宗教上的那个禅，不是真正的禅。前者有各种观点、说法、逻辑和理论在支撑，但是，真正的禅不需要分析、逻辑，也不需要文化、宗教。如果我们要真正了解禅，首先必须脱下身上一切文化和宗教的外套。脱下，才能够体会到真正的禅。宗教是什么？文化是什么？它们是你和真理之间的沟通方式，不是真理本身。禅的哲学和理论也是一样，它们是你和禅之间的一个桥梁，不是禅本身。

禅本身是最纯然的自己，赤裸裸的，没有任何修饰。原本的真实的自己就是禅。

我们要了解禅，一定要用更高尚的眼睛来看待，不是用混合宗教、文化的眼睛来看待禅。禅意味着了解自己的所有。了解了禅的那一刻，也了解了真正的生命本身。

禅的存在超越想象，想象的世界没有禅，想象的世界里只有你的二元、分别、对立。禅本身是完美的了解，如同佛成佛之后，不需要说再成佛，对佛来讲，再成佛是不存在的。按这个理论来讲，过去心不可得，现在心不可得，未来心不可得是什么意思？假如说你问佛，你没有成佛之前是干吗的？他会告诉你，我没有成佛之前我一直都是成佛，所以他过去是不可得。你成佛之后干吗呢？他说我没有成佛之后，我一直成佛。你现在干吗？我没有现在，我一直都是在成佛里。

《心经》里面说，“依般若波罗蜜多故，心无挂碍，无挂碍故，无有恐怖，远离颠倒梦想，究竟涅槃”。那“究竟涅槃”是什么？是达到彼岸的智慧。抵达彼岸的智慧是什么？我认为禅就是抵达彼岸的智慧。现在这里的禅，是在中国汉文佛经当中，从禅纳的音译中缩写的。清理和抛弃邪恶的念头，叫做弃恶。禅纳的含义是弃恶、静虑、清洗的意思。简单地说，是静心地思考和冥想。这里所说的，是无造无修的状态，是明心见性的本来，我们叫做光明的自性。平等合一来讲，这是禅的一个状态。

心安住当下而觉知的一刻，就是依般若波罗蜜多故。那个时候的心是无所挂碍的状态，远离所有颠倒梦想。颠倒梦想指的就是痛苦、烦恼，希望渴求幸福、快乐，为这些不停去寻找，但是最后所得到的往往不是这些。在我们领会到禅的时候，重新获得了生命的自由，不在身心的障碍和束缚里活着，找到一个内在的天堂。

也许最真实的天堂就是没有空间的摧毁，也没有时间的消失。它超越了时间和空间。它就是一个如此神圣的、神秘的、难以用逻辑思维来阐述，也没有办法用语言来真实描述的美妙的东西。这就是禅。

二

禅修是认识当下的方式，也是认识自己本来面目的方式。本来面目就是禅。那什么叫做本来面目？你的自性光明，你的自性皆空，你的本性清净。那么禅修是什么？无造作地安住在此刻当下就是禅修。没有修饰，没有过去的忧虑，没有未来的焦虑，只有当下清净的心。这是禅修。禅修的方法有两种。第一个是安住的修炼，第二个是觉察的修炼。也就是寂止、胜观，通常所说的止和观的修炼。觉察和安住，能使我们了解秘密的本具圆满的佛心。

都市生活当中，身心浮躁的人适合禅修。不管是成功者还是非成功者，不管哪一个人群，都有复杂和压抑的妄念、分别，有各种烦恼、情绪占满生命。可悲的是，这些被情绪折磨的人，根本不知道自己在受情绪的捆绑。他一直挣扎，觉得自己在处理这件事情，实在处理不了之后，选择酗酒、抽烟。这些相对来说还比较幸运。还有更多不幸的人通过药物来试图救治自己。很多人此刻的生命状态是悲惨的，完全被情绪、思维模式控制生命，有时连睡眠的空隙都没有。有毒瘾的人在吸毒的过程当中，知道毒品有害，但是内心的情绪带来的压抑和虐待太深，没有办法承载痛苦。唯一的方式是以破坏身体的方式来发泄。

在痛苦当中，哪个痛苦最难受？肉体的痛苦来临的时候，人还有力量面对。很多病人听从医生安排治疗身体的疾病，不管怎样，能够有力量去面对身上的病魔。但是很多人没有力量去面对心魔带来的痛苦。心魔一旦出来，人是非常脆弱的。这个痛苦完全超越了肉体的痛苦。你的心魔发作的时候，怎么去掐自己的身体，怎么去伤害自己都没有反应，它不过像一个通道，帮助你减轻一点点痛苦。现在也许很多人都是着了心魔的。心魔变出无数个诅咒，让他们迷失其中。

中了心魔的诅咒，言行会轻易伤害生命中最爱的人、最亲的人和自己。对想要害的人，却没有这个力量，害不了。你发觉不了自己的错误，却在它的掌控之下进行伤害与被伤害的过程。没有一个片刻是感动与被感动、温暖与被温暖的存在。欺骗与被欺骗，抛弃与被抛弃，焦虑与被焦虑。那个时候的你，如同没有任何方向地生存在大沙漠里面，不停挣扎，不停修复，但今天修复完，明天的风雨又覆盖住修复的东西，一天天在这里面重复。这种重复就叫轮回。

我对烦恼的定义是重复，我对轮回的定义也是重复。这是我的思考。那时候你的人生是机械的重复的过程。重复的是什么？痛苦的重复，情绪的重复，焦虑的重复。但却没有能力发觉自己在重复。所以我们要修习安住和觉察。这会帮助你在重复里，在习性的模式里，慢慢苏醒过来。觉察到你原来是这样活着的人。在觉察习性的过程当中，会知道自己的烦恼、情绪都是因为习性导致。

习性难改，所以这样的觉察对现实生活的帮助无穷。人最难的是改变，改变你的人就是自己，没有别人。禅修让人懂得如何去改变，除此之外，世上没有任何东西可以让自己改变。改变了，也许有所不同。改变的权力在每个人的手里。学校里面的学习是让我们学习知识，而不是去改变习性。禅修不需要学习知识和理论，但却是真实地让自己改变的过程，改变习性的过程。这个过程既完美又自然，是舒服的状态。这个改变不是要服从一个教条，也不是服从一个政治，只来自于一个自然的状态。这个改变可以从里到外。

安住是什么意思？安住是我们每个人在清净的当下里待着，没有躁动，没有情绪，没有起心动念，没有分别。不管生命当中发生了什么难以想象和预料的事情，都可以坦然面对。丝毫影响不了生命本身的那种宁静、纯然和安详。如同黄金，不管在泥水里面打滚多少年，从未被泥水染污，仍保存黄金的状态。这就是当下的力量，是我们原本的生命本身，原本清净的心。不管在烦恼、情绪里面打滚了多少年，不管是上万年还是上亿年，它的本来面目就如同是黄金，从来没有改变。安住的状态不需要修饰。黄金就是黄金，不需要修饰，也不需要添加。外界的东西感染不了黄金本身。这是安住。

所以情绪来临的时候，如果一个人有足够强大的力量，这个情绪就不会主宰他。首先他觉察到了这些情绪来临，情绪来了之后，他有安住的力量，就不会让情绪带着走。对我们人来讲，最大的问题是被情绪带走。学佛的过程是熄灭贪嗔痴的过程。问题是，一些佛教徒会忘记这个目的，只记住了所谓的宗教仪式，所谓的信仰本身，但是熄灭贪嗔痴的过程忘记了。禅修也是一样，它的目的是熄灭贪嗔痴。当你觉察到贪婪来临的时候，一个是觉察，一个是有安住的心。心安住在不贪婪的清净之后，贪婪本身就没有力量了。

安住法有三个不一样的状态，第一是安住在生命清净里，只是安住本身，内心不乱，不往外奔驰，不往外去执着；第二是看到生命本身流荡的大慈大悲的力量；第三是观照自己的安住，同时在里面观察到天下众生的苦难，渐渐升起同体大悲、无缘大慈的爱。

了了分明、清清楚楚为觉察，内心不乱、如如不动为安住。现在每个人都很自我，自我并不是一件坏事，但是自我过头是一件坏事。我们可以看到别人身上的成千上万个不足，但是也许一辈子看不到自己的一个缺点，因为自己感觉良好。这意味着什么？意味着你一辈子也没有改变的机会。因为不知道自己哪里不足。当我们有觉察的心，它会带来很大的变化。

不管是离婚的人，失眠的人，事业失败的人，内心充满着情绪、压抑、愤怒的人，每个人都是因为有问题，才有了这样的结果。但是我们不去分析这个因在哪，只是一直挣扎在这个果里面。果来了以后，我们砍掉，摧毁掉，但是没有觉察过、分析过、了解过它的因。我们以为处理过一万个的问题，但实际上却一个问题都没有解决。

比如说我们在一个公共场所生气的时候，告诉自己，我不能生气，人家看到我的状态会多丢脸。这样的时候，你只解决了情绪的表现，没有解决情绪本身。很多人在生活中、工作中，有不愉快和不满的事情产生，就用种种理由把这个果解决，没有爆发出来，但到了家里，压抑的情绪仍然在，某一点会爆发。这个根其实就是工作当中积累下来的因。他们把这个情绪模式带到家庭里面，破坏了家庭气氛。这样的现象特别多。如同你想解决失眠，会选择吃药，但不去分析为什么会失眠。吃了药，不去解决失眠的根，就会依旧跟失眠在一起。

因此，觉察就像一面镜子，让你看清楚自己，之后有勇气去改变，去接纳自己这个有缺失的人。往往我们生气的时候无法接纳自己的缺失，把缺失转变到别人身上，去伤害别人惩罚自己。禅修的时候，让你在安静的生命当中。清净的当下的生命里面，觉察到内心深处的肮脏。那么，在真实的生活当中，真实面对自己的时候呢？心里是很空虚的。所以现在不少成功人士在不做事的时候就会觉得内心空虚，待不住。内心空虚的原因是你一直在太多虚伪里面待着。一个人待着的时候，就会承受不住那份空虚、恐惧、孤独、寂寞。我们现在想安静地待都待不了，这是这个时代的可悲之处。这个时代的人，安静地自己待一个星期或者十天，根本待不住。

这证明了什么？习性在摧毁你的生命。如同一个人吸毒上瘾，谎言和虚伪的上瘾是差不多的。但在学习禅修的过程当中，我们安静地待着，享受自己的生命，感受到整个宇宙的存在，享受阳光，享受呼吸。原来天天奔忙的你，忘记了空气的美好，阳光的灿烂，忘记了世界的美好，忘记了人与人之间的爱和情感的流荡的温暖。站在事和事的里面，所有用来做借口的就是事。但是一定要记住，所有事的背后都跟人心有关系。没有所谓的事的存在，事就是人心。事是什么？人心的谎言。所谓的事是人心的产品。你待在人心的谎言和焦虑当中，体会不了生命本身存在的最正面的意义。

学习禅修可以觉察更深层的生命，可以修复你。此刻的你全身都是伤，内心都是伤。你的觉察，你的安住，在慢慢修复你所有的伤口。

三

渴望自在的人，渴望幸福的人，要学习觉察和安住。它们让你变成生命的拥有者，成为当下的拥有者。学习了觉察和安住之后，你找到的是当下。拥有了当下，就拥有了所有；失去当下，也就失去了所有，更失去了生命，一切都失去了。

不管生活当中有多少成功，但是这些成功没有带给你放松和自在，也许只是让你变得更饥渴，更疯狂。原来的你还能够自在地睡觉，此刻的你，简单的享受睡眠的权利都没有。所以此刻的你是狼狈的，可悲的。学习禅修可以帮助你，不光是享受人生，也可以享受你的睡眠，享受清净的当下。总而言之，不找回生命，没有办法找回任何东西。

我们没有办法待在安住的世界里，所以犯了这么多错误。现实生活当中，我特别欣赏两个人，一个是迈克尔·杰克逊，一个是李小龙。当他们演出的时候，如此从容、洒脱、自在，看不到虚伪的痕迹，只感受到当下的纯真。杰克逊歌唱的那一刻没有任何造作，所做出来的就是完美无瑕的。因为他这些东西完全是和天性连在一起。李小龙的动作也是一样，他在安住里面。安住是指什么？没有造作，非常纯粹的当下。这种纯粹的当下所出来的东西超过任何一种艺术。

因此最高尚的艺术是没有造作的当下的产品，它们可以称之为引领生命的方式。我们生命里面最缺失的是当下的产品，而不是造作的产品。我们处处都是造作，处处都是虚伪。但是因为当下里面所流露出来的是我们生命最缺失的东西，所以我们能够待在当下、感受当下的时候，你就是生活中的艺术家。当你是个生活中的艺术家，你的生活会变得丰富多彩，里面没有什么造作和虚伪的成分。

安住的时候不存在忧伤和焦虑。感受到的是生命本身，而不是生活的产品。不安住在当下的一刻，所感受到的是生活的产品，不是生命。你感受到的生命状态，是千万年来抵达不了的一个地方；但是我们感受生活的产品，是人人都拥有的东西，每个人内心的不安是因为它所导致的。你内心的不安是什么？内心的不安就是生活的产品。你的生活生产了什么？内心的不安。总而言之，你不是个生命自在的人。那成了什么样的人呢？你成了生活的产品的感受者和享受者，而不是理解当下的人。

理解当下的那一刻，才没有任何局限和挂碍，没有内心的不安和躁动，只有一个纯然的生命在。这就是安住的力量。

贫穷的原因是，我们失去了当下。失去当下的人是可怜的人，找回当下的人是自在和自由的人。这边一定要举个例子，那是谁呢？找回当下的这些人，耶稣、佛，这些圣人，他们找回了当下，找回生命本身原有的东西，所以他们不在忧虑和焦虑的世界活着，成了拥有者。这是安住。

禅修的方法有成千上万个方式，现在我用一个特别古老的方式让你放松。让你进行禅修。

第一，身体保持平衡，脊椎要直。你坐在一个椅子上，或者坐在一个沙发上，或者只是单盘坐着，总而言之是以最舒服的方式坐着。

第二，控制呼吸，调整呼吸。呼吸是离你生命最近的一个东西，我们借用它来连接你和你生命的桥梁。很多人以此悟到了很高的一些境界。

第三，观想。以意念的观想和安住的方式，更多的心念放在呼吸上，默默地有一个声音带着你的呼吸和念头走。吸的时候告诉你说，亲爱的你要回归，呼的时候你说，亲爱的你要放松。你慢慢说着说着，最后不要有这个声音。你放松并在当下待着。这样一个清空维持十分钟或者半个小时，甚至五分钟也可以。对身心健康会有一个前所未有的效果。

禅使你局限的生命变得无限，你粉碎的生命变得完整，焦躁回归到宁静，得到一个满足而无缺失的状态。在现实生活当中，对自己的生命做一次禅修，是无与伦比的礼物。我建议你在一生当中，给自己这样一次最神圣的礼物。你真正要熟知的一切，不在外在的世界，是你自己本身。因为也许你真正陌生的人，是自己本身。禅让陌生的自己变得熟悉，期望和恐惧不再产生，这个片刻是一个完整的状态。

这个片刻，你会成为一个懂得看着的看者。没有迷茫，没有焦虑，只有一个清晰的自己在看着。世界里面只有一个清清楚楚、明明白白、清凉的踪迹在，懂得了所有。生命里面没有疑惑，你成为能够看懂一切的人。看懂一切，佛教当中也称之为具有了遍知的智慧。在清晰的背后，观察到一切众生的苦难，自然生出生命本具的慈悲与智慧。

爱

爱就是解脱，爱就是自由。除了爱之外，没有再好的解脱。爱是一种方法，也是结果。爱是慈悲，也是智慧。

一

爱是一种非常积极的情感。懂得施予爱是非常重要的。有能力施予爱，说明拥有帮助他人和给他人生活带来快乐的善良品质。然而，不知道如何正确地施予，将会带来问题。

当有人说爱我们，我们会认为他们爱上了我们的好品质。听到别人爱我们，我们会想象，这个人可以为我们做任何事，这种想法使我们快乐。但是，当人们说“我爱你”时，这句话的真正含义是什么？“我爱你”的真实含义往往是“我要你”。说话的人不是要将自身施予，而是想拥有。“我爱你”的真实含义和人们实际使用的含义相差甚远。

尽管如此，当我们听到爱的告白，还是会认为示爱者会为我们的幸福做任何事。这样开始的交往很危险，因为双方的目标不一致。当女孩听到“我爱你”这三个字，却不知道对方想拥有她。而她也如此回应的话，他们表达的意思是不同的，那么两个人常相厮守后，会发生什么情况？

两个交往中的人，需要共同做出许多决定，包括去哪里远足，在何处休息等等小事。双方只要意见不一致，就会产生问题。这些问题的产生，是因为双方都有期待。如果你希望两个人一起去远足，而他不愿意，你就会想为什么他不去，你的想法是：“如果他爱我，为什么不这样做使我高兴？”而他也会有相同的想法。

这种爱，从一开始就是建立在私欲的基础上，没有考虑他人的要求。如果我们认为爱我们的人必须做我们希望做的任何事，这种爱就是基于我执。有些沉迷于爱河的人，会做出很多极端的事，比如将爱人的名字刺青在自己的皮肤上，这种行为被误认为真爱的证据。能够忍受刺青之痛的人，事实上，表现了强烈的我执。记住，我执反映了强烈的自我意识，以强烈的自我意识为导向，示爱的形式越强烈，我执就越强烈。

如果一个人真正爱你，不管你做什么，他都会把你看成一个可爱的人，给他带来快乐。

有关爱的另一种错误观念是，我们经常期待另一方陪着我们，为我们带来快乐。如果对方不这么做，我们就不以爱回报。如此清楚地表白“我爱你”，只是“我爱自己”的托词。我们嘴里说的爱，只是我执和我爱的表现，这两种负面想法都将带来痛苦。

当我们听到某人说“我爱你”时，最初的感觉是那人将给我们什么，这样说的人也认为自己已经给了什么。爱表白了，两个人都感到快乐。求爱的人认为他的求爱已经被接受，接受求爱的人也认为她已经得到了什么。所以，“我爱你”这句话引发了两种想法——两个当事人的我执，使他们认为各自的愿望得以实现了。一方爱的表白被接受，另一方知道被人所爱，他们的快乐都基于强烈的我执，强烈的“我”的意识。

“我”的意识越强，爱就越建立在执着上。这种爱实际是“有毒的爱”，因为它会带来许多问题和痛苦，乃至毒害双方的心灵。可见，世间普通的爱常常被负面情绪所控制。

例如，你爱上了一个男人，有一天他突然实现了他的深切愿望，功成名就，名利双收，他的成功会使你快乐吗？或者，你会不会觉得自己被甩在后面了，不是他快乐的一部分？很多人在交往了一段时间之后，疑问和担心就开始进入脑海：担心所爱的人是否会和我们在一起，是否忠实于我们，等等。这些想法滋生了许多不悦的情绪。由于有这种担心，有些人甚至在对方的成功路上制造障碍，因为她的爱包含着对失落的担心。这也是一种强烈我执的爱的表现形式。

再假设我们深爱某人，却发现有另外一人也青睐于她，我们便会不喜欢且不信任那个情敌。同样，情敌也不在意我们是否会受伤害，甚至向我们所爱的人放电。当这一切曝光，我们会感到剧烈的痛苦，好像心被刺穿了。这种痛苦，仍源于自爱，而非对他人的爱，对于他人也欣赏自己所爱的人，我们常常感到很强烈的失落。为了平息这种恐惧，我们要求对方给予我们更多的关注，并确认和对方的关系。

上述的爱，均是基于私欲和我执的自爱。由于这种爱产生的目的不是爱别人，因此会导致人际关系中的很多问题。

而真爱，是将他人看得比自己更重要。

当我们示爱时，必须观察是为了满足自己的要求，还是真正地爱他人。如果爱的目的没有澄清，这种爱将为自己和他人带来痛苦。

二

爱来自内心，是一种可以马上生起正向能量的情感。懂得分享爱，将给我们带来巨大的快乐。

爱是不用强迫的，不需要学习如何去爱，一个小朋友就有巨大的爱的能力，即使还没有区分不同的爱的对象的能力。

有一种爱是与生俱来的，这种珍贵的爱应该保持，永不磨灭；孩提时代对“我”的分别心与之相比还不算强烈，还没有造成许多的问题和痛苦。待我们长大后，天性就逐渐受到负面想法的玷污。现在，这种真正的爱往往持续得很短暂，即使是源于天性，我们也要求对方回报自己，不然，就很奇怪了。

如果在生活中体会不到爱，就体验不到幸福。生活依靠爱，不管我们是否快乐，是否喜欢物质世界或者是爱某人。施予爱越多，我们就越快乐。另一方面，如果我们的爱减少，快乐的能力就会减弱，痛苦就会增加。必须培养天性的爱，它使世界美丽和光明，为我们带来快乐。

人类和动物的主要区别是什么？人类施予爱的能力大于动物。作为人类，我们体验和表达爱的途径更多，因此，也有了更多快乐的机会。但是观察现代社会，似乎爱某人就像是送给某人东西，没有回报就不高兴。要求回报的爱，源于执着，我们通常所理解的爱的基础便是执着。需要区分两种爱，一种是建立在执着的基础上的，另一种则是没有执着的。没有执着的爱更接近于天性的爱。要产生没有执着的爱很不容易，因为我们甚至不知道如何产生有执着的爱。

爱的本性是什么？爱是一种情感，它使我们认为我们爱的人或物十分美丽。当我们不爱某事物时，要看到它的美是很困难的，也很难对它产生欲望，更不要提因此而快乐。快乐也有不同的种类：有些快乐是依靠欲望的，即轮回中的快乐；有些快乐是不依赖于欲望的，即出世的快乐。普通人很难生起出世的快乐。

没有爱，就很难看到人、事物的美丽之处。当我们看到某物，我们所见的是自己的心。如果我们爱的能力低，就无法认识到美。比如搬到一个新地方，我们要先培养对这个地方的爱，才能看到它的美，有了这种爱，我们在那里就会快乐，如果无法生起爱，我们就会遭遇到许多的不快，即使其他人说它很漂亮。

爱的能力为什么会减弱？是强烈的自我意识阻止了爱的产生。

我们的内心决定爱谁和爱什么。内心的决定将反映在所选择的对象上，对某人或某物的情愫都来源于内心的爱的影像。

如果我们能让爱自由表达，外部世界就会赠予同样多的爱。如果我们无法付出爱，就会面临爱的缺失。因此，培养爱和表达爱是非常重要的。

爱是生活的核心和快乐的源泉。如果无法施予爱，人生就没有意义。没有爱，痛苦和忧虑就会占据内心，此时，内心是黑暗的，我们的世界也是黑暗的，负面的情绪就会增加我们的痛苦。为了避免这种处境，我们必须学会正确地施予爱。人如果不爱自己，就很难对外部事物生起爱心。我们生活在地球上，通常施予爱是基于欲望的。但是，如果懂得施予爱的方法，即使是基于欲望，还是能够得到快乐。

当爱增长时，我们会认为自己的朋友友好而美丽，而且这种印象会与日俱增。施予的爱越多，我们体验到的美就越多。当我们不觉得一个人美的时候，就是我们已经不爱他的明确信号。我们的看法和他人的美无关，完全是出于自己的内心状态。

三

爱这个词，不管男女老少，人人都好像特别了解，特别熟悉。但反之，爱对我们而言，也是神秘而陌生的。我们很多人也许并没有体验过真正的爱，不知道它是什么状态。有时以为自己懂了，觉得很明白，但事实上，真的要懂得爱、明白爱是困难的事情。它是生命中神圣而又神秘的一个存在。

对人类来说，爱是天性的、自然的，爱流荡于生命本身，如同一个孩子提起妈妈，孩子自然对妈妈有一个感觉。妈妈听到孩子的声音或者名字，也有感觉在。爱是天生的，不需要学习。如果尝试用学习的方式得到，此生大概没有办法学完，因为此生的时间太短。为什么说爱是天性？假设回返到一个自然状态，没有文化、宗教、哲学、生活习性的干扰，只是待在纯然的状态之中，那么，我们的内在自然而然流露出来的会是什么？是一种对快乐的渴望，对痛苦的拒绝。快乐即便经历了再多，对人而言，从不觉得陌生。不管经历哪一种快乐，每一刻它都是熟悉而亲切的。但痛苦不管经历多少次，始终都是难受、不自在、不适应的。因此爱是人的天性。

爱不是因为学习所获得。你的学习和爱没有关系。爱的世界里没有大脑，没有逻辑，即使一个人拥有强大的知识，丰富的经历，但这些对爱帮不上丝毫忙。不管你是大学教授，还是读了万卷书的人，书、知识帮不上这个忙。一个知识分子，有文化的人，或者情感专家，在体验爱的时候，有时会使爱更复杂。原因是什么？因为体验不到爱的本身。爱不是复杂的知识能够抵达。所以，人类幸运的地方是什么？人类的大脑没有办法抵达爱的世界，大脑也就没有办法去干扰真正的爱的本身。

我相信你肯定经历过父爱、母爱、亲情之爱、男女之爱，但是你对爱会如何解读？它是一种感动，还是一种悲伤？你对爱的定义是什么？它是一种内心的反应，还是外在某种事态的反应？你认为的爱，是因为一个人或者一件事而产生了爱，还是仅仅只是生命中某个深沉而秘密的状态？

我们每个人都有过爱与被爱的经历，但也许并没有真正了解过爱。所以爱可以称之为秘密之王。

此刻开始所讲的爱，不是平常大家所说的爱。它是更深层的概念，包含慈悲和菩提心。或者在西方宗教当中叫作大爱。它不是情感的爱，可以用更大的主题来讲解。爱为什么神秘？再多知识也没有办法去了解爱。爱超越语言，超越局限的思维。学习的目的是要明白更多的东西，但是爱没有办法通过学习去明白。明白这个词是大脑层面的产物，局限于大脑。爱不是用来明白的。爱是一个人的全部。

如同鱼没有办法去了解大海。因为对鱼来讲，它的家，它生命的源泉，就是海洋。它的所有都在海洋里。一旦离开海洋意味着什么？会面临死亡。我们现在的人，如同离开了海洋的一群鱼，希望去了解大海，但实际上却是和大海分离的。

佛教用菩提心来称谓它。自古以来，所有灵性的追求者们想去了解它，撕开它神秘的面纱，抵达它。但有的人即便用了一生的时间也没有抵达，有的人用了五百个轮回也没有抵达。但是，我们有一个好的消息和一个坏的消息。坏的消息是，人往常的习惯都是通过学习来通达那个地方，但你越有知识，越抵达不了。想通过判断、逻辑抵达的人，会在半路上失败而归。好的消息是什么？纵然没有一分知识，没有一分逻辑，但是你的存在本身也许就能够抵达。为什么？因为如果你放松，我们叫做毫无修饰，没有任何造作的时候，人在天性里面待着的时候，这个天性就可以撬开神秘的门。保持原来的天性，自然而然体会到爱的本身。

想要抵达爱的境界，需要自然的本性。举例来说，男女的情感也是如此。如果带着判断、带着目的、带着想法去爱对方，那么也许体验不了这份爱。真的想去体验爱，唯一要做的是把逻辑、判断、知识……这些所有全部丢下。不光丢下外部的东西，身上所有的标签也要丢下，所有的模式也要丢下。全部丢下之后，最终留下的东西，就是真实的你。一旦进入爱的体验，便不再增长任何东西，而是让生命不断减损。我们叫做“学习日增，修炼日损”。损些什么？损你大脑里曾经的判断、知识、习性，是这些东西往下碎裂的过程。碎得越干净，见到的爱越多，越深刻而庞大。

生命当中一般所谓的爱，通常归纳为欢乐的爱，享乐的爱。欢乐的爱跟大脑连在一起，享乐的爱跟感受连在一起。所谓欢乐的爱是什么意思？你穿上昂贵的衣服，但它并不能帮你遮挡风雨，肉体的反应不是舒服，但是逻辑层面产生的判断是，穿着如此美妙的衣服，应该升起一种快乐的情绪。这个快乐就是欢乐的爱。为什么？它是昂贵的、美的、标准的，所以你喜欢。欢乐的爱，肉体是痛苦的，精神是幸福的，男人玩这个游戏玩得比较多。比如登山运动员，带着生命危险去爬山，肉体经历沉重的考验，但走过来之后，特别自豪。他追求欢乐的爱，所以能够战胜肉体的苦难。

享乐的爱，如同吃一块巧克力，美味的感觉传到身体里，味道让人特别享受。这是享乐的爱，不是欢乐的爱。在逻辑层面，巧克力吃多了会增肥。一般男人都喜欢欢乐的爱，女人喜欢享乐的爱。按这个意义上讲，男人和女人在情感世界里面，要很深地沟通相对来说是很困难的。困难的原因是什么？男人往往站在欢乐的爱当中，女人往往站在享乐的爱当中。要进行爱的学习,男女之爱也许是相对最好的学习方式。真的要体验爱，必须两者合一才是完整的体验。如同一只鹰飞翔在天空，只有一只翅膀没有办法飞翔，必需要有两只翅膀。不光有欢乐的爱，也有享乐的爱。这纯粹是我的理论。

一对夫妇,不管是结婚二十年的，还是结婚三年的，往往回到一个欢乐的爱里面，没有办法回到一个享乐的爱里面。原来你看他，不光是他的眼神多么地迷人，他的笑容多么让你沉醉，他身上的味道多么让你疯狂，拥抱的时候多么让你享乐，但是渐渐地这些都没有了，没有什么反应了。停留在所谓的欢乐的状态，而没有享乐了。如果我们能够学习禅修，再去谈恋爱的话，就有可能体验到更深层的一个东西。因为欢乐和享乐两者即便合一也是属于浅层的一种爱。

快乐是一种大脑和思维的感受。我们通常拥有的往往是快乐，而不是喜乐。快乐无法成为喜乐本身。人的快乐是，今天满足了，明天继续要满足，后天继续要满足……似乎欲望的满足成了唯一的快乐本身。但是欲望的满足成为快乐的话，这个快乐如同喝盐水止渴，只会越喝越渴。

我们往往把爱跟快乐混淆不清。不光男女情感，甚至是父母和孩子之间的爱。人带着求取快乐的心经营，把爱和快乐混淆不清，最后快乐会干扰爱，导致更多冲突和矛盾。这些冲突和矛盾的背后，是因为求取快乐造成。爱，真正的爱，不仅仅是快乐。一定要记住，快乐是你的一种想象，而爱不是想象。爱完全超越想象，所以才成为爱。想象的世界不会存在爱。

喜乐，则不需要经过思维判断和逻辑。如果只是“喜欢”一个东西，那么这个东西可能跟生命的内在没有太大关系，只是一个浅层的认同或者喜爱。但是有些感觉跟生命是完全融合的，这种美妙的感觉跟学习、逻辑、判断、知识一点关系也没有。我们称之为喜乐。喜乐是深层的，由内而外。它是人性最完美无瑕最神圣的一份爱。能成为喜乐的东西是因为它完全地存在。如同禅修时心的安住，无修饰地安住在当下。这种爱是至高无上的，是生命本具的最纯然的东西。可以称之为喜乐。

一旦你得到喜乐，你会感觉到它没有内外之分，没有物质限制，没有时空干扰，一切都在狂喜之中。你能够纯粹地在这种狂喜之中待着。喜乐是最深层的体验，可以称之为乐空不二。这个空指的是无限，没有时间和空间的干扰。喜乐不是瞬间几秒钟或者几分钟就会消失，它一直待在生命里。此刻，你成为喜乐，喜乐成为你，你和喜乐合二为一。

四

那么爱是什么？爱是一种给予。为什么爱的本质是给予？因为我们想要一份东西，获得的方式是先给出。把自己生命里面最想要的东西，全部给予他人。这并不是说对方得到了你想要的东西，而是你在给予的过程之中感知到了它的美好。

把你生命中最想要的东西给别人。如果你生命中最想要的是快乐、幸福，但是你却从来不想把自己的快乐、幸福给别人，那么你也许永远得不到快乐、幸福。因为爱的核心是给予。给是唯一获得的方式。爱是一个给的过程，也是一个渐渐收获的过程。我们每个人内在最大的烦恼和情绪是怎么产生的？不是因为给而产生的，而是因为想要。因为想要，所以不停追求，所以产生愤怒、嫉妒、恐惧。但是你和要之间的距离不会缩短。缩短的唯一方式是给。一旦有给，你和要之间便紧密联系在一起。那个时候你想要的东西才完全能够得到。

你给予烦恼的时候，让别人生气的时候，一定要记住，此刻拥有烦恼，正是因为你在给烦恼。你给爱的时候，是爱的拥有者，有没有爱不是对方说了算，是你说了算。全然地给予和爱了之后，这个接受的人是你快乐的祝愿。这个人把你的房子烧了，把你的妻子卖了，你不会因此产生情绪。为什么？因为你对他不再有要求。一定要记住，现实生活当中，你和所有人之间的问题，都来自于对他人有要求，而不是给予。完全给予的时候，才有理解和包容。生命全然交出的那一刻，你们之间有一个神秘的东西发生。那一刻，最初的体验是叫做感动，第二个是快乐，第三个是喜乐。这个喜乐为什么可以得到？那一刻你完全粉碎所有的自己，粉碎强大的自我。那一刻你了解到深层的喜乐体验。

爱的秘密之中，还有全然的自由。我们原来对这个世界是有要求、有期待、有苛求的，有一些纷争在，即便是你和孩子的爱里面，也有一些要求和被要求，你和丈夫之间的情爱当中，有要求和被要求，亲情也如此。你一旦有了模式，生命便是在局限里，有条条框框，不是自由的状态，而是条件性地依附。依他，就不自在。但是真爱的世界里没有要求，没有标准，只有他们的幸福、快乐。他们的幸福、快乐成为你的爱了，所以它是秘密的部分。你拥有了爱，才成为真正富贵的生命。没有爱的人永远不会有富贵的生命。什么叫做富贵？富是不再缺东西了，贵是你不再要东西了。

在这个世间的所有“获得”当中，最究竟的是得到了爱。没有得到爱，即便得到了成千上万个东西，还有成千上万个没有得到的东西。得到了爱，就得到了所有。

爱是生命之王。得到爱的人不再孤独，不再饥渴，不再挣扎。他全然地放松，全然的自在。爱既是一种方法，也是一种结果。爱是至高无上的方法，一旦有了之后所有的问题都可以解决。能够治万恶的疾病，能够把缺失瞬间融化。在爱的世界里，没有缺失，没有不足，没有不善。既没有伤害和被伤害，也没有黑暗。

爱也是生命当中的仙丹妙药。能够治身体的病，也能够治心灵的病。我建议大家一定用爱的药来养育自己。现实生活当中吃的任何一种药，三分是毒，七分是药，是有副作用的。世界上没有任何毒性的药，是爱。所以用爱来对治生命的疾病和烦恼，是一个妙药。

我们既是问题的制造者，也是解决问题的专家。但是有限的生命里，充满无数问题的组合。解决了一万个问题，还有一万个问题继续要解决。你的人生是什么？一个问题出现，一个问题解决，一个问题出现……始终是解决问题的过程。但是永恒解决问题的唯一的方式，就是爱。

五

爱包含给予，也包含接纳。接纳更有挑战性。对我们而言，最难的不是给予，是接纳。肉体生命的存在，有生老病死。人生在世，有这样那样的不适和人体本身的痛苦。我往往爱用死亡来举例。我们没有一个人是喜欢死亡本身的，我们对它拒绝，想到死亡就会感觉痛苦、恐惧。死亡真的来临时，死亡本身不是我们的问题，对死亡的拒绝才是问题核心所在。

接纳是什么意思？接纳意味着允许存在。允许存在是什么？是在生命里树立了更深层的空间。允许存在是非常重要的一个课题。所有的烦恼都是因为不允许发生而产生。不是因为问题本身的发生，而是因为我们对问题本身的拒绝和不允许。所以对一个人来讲，最大的痛苦不是痛苦本身，而是对痛苦的拒绝。其实生活当中很多问题，都不是问题。但是在生活当中拒绝问题，拒绝才成了真正的问题。现实生活当中，我们也许有百分之九十的力量在对抗对烦恼的不接纳，百分之十在解决烦恼本身。因为拒绝，问题变成了成千上万个有力量的东西。如果能够接纳，它会因此融化，没有力量。

接纳不仅是允许存在，而且是在存在的过程当中，不去对它进行阻碍。允许存在的时候，它不再是你的干扰。接纳的学习，使你能够知道内心世界的无限，而不是局限。如果我们活在二元对立的世界，那是一个强大的自我世界，会让我们活在局限和模式之中。但是在“接纳”里没有局限和模式。

和一个无限的空间在一起，这是接纳的学习。此刻最大的收获者不是别人，而是自己。接纳，会让你体会到无限的生命，心如同虚空。在虚空里面允许存在地球，存在人类，存在植物、动物，很多很多，但是这些存在没有影响虚空本身。他们在自己的范畴里。所以接纳之后，没有干扰到你的生命本身，只是让你的生命在更宽阔更无限的状态里待着。

拒绝是一切痛苦的制造者。伤害里面最大的伤害是什么？也是拒绝。拒绝也是所谓的抛弃。最大的痛苦是拒绝，最大的伤害是抛弃和拒绝。你接纳的一刻，不在痛苦里，不在拒绝里，安然在生命无限的自由里，这让你变得放松。我们没有人喜欢烦恼，但是也没有人懂得消除烦恼。消除烦恼最好的方式是什么？接纳烦恼本身。

真正地摧毁烦恼，就需要接纳烦恼。烦恼不再有时空的影响，完全如如不动。烦恼不再是个烦恼。在我们安然接纳世界的时候，愤怒、嫉妒一点力气也没有，完全融化在里面。

白天阳光下，再好的烛光也显示不出火花的亮丽。但是把烛光带到黑暗之中，可以照亮所有东西。一样的道理，你把爱期待在别人的身上，如同我们在阳光下拿着烛光奔跑，对你没有产生影响，不会有改变。在生命的世界当中，这个爱应该如同黑暗里的烛光一样。

究竟的解脱是因为爱才获得的。什么叫做解脱？解脱就是获得自由。爱就是解脱，爱就是自由。除了爱之外，没有再好的解脱。爱是一种方法，也是结果。爱是慈悲，也是智慧。现实生活当中缺爱的人，渴望爱的人，对爱有感觉的人，首先必须要去思考，到底什么是爱，为什么需要爱，为什么要知道该如何去爱。不去思考，你的一生与爱是无缘的。思考是一个给予答案的方式。

你的快乐不在名牌衣服上，不在昂贵的车上，不在温暖舒适的房间，也不在英俊帅气的男人身上，不在漂亮温柔的女人身上。你了解了这个才能了解什么是爱。你不能忘记人生的目的，不管是有信仰者还是非信仰者，喜乐一定在爱的世界里。喜乐隐藏在爱与慈悲里。对爱的了解意味着喜乐，也意味着对生活的了解，对宗教的了解。你不了解爱，了解再多所谓高尚的宗教，高尚的生活，喜乐照样背道而驰。

六

为什么我们要去了解爱？为什么我们要去感受爱？因为很多人都是不自由、不自在的。我们的存在是一种被动的状态。男朋友的被动、工作的被动、社会的被动……在这种被动的状态里面活着，而没有在自由当中活着。不管是男女的爱，还是家庭的爱，亲情的爱，都是在这样一种被动里。当我们真正对爱有了解之后，就不会在被动当中活着。要活在一种生命的自由里。爱就是自由。

处理情绪、烦恼、问题的方式有成千上万种。有宗教式的处理方式，民族文化式的处理方式，但不管哪一种，最神圣的处理方式只是真正的爱。它让你变得自由，变得自在。在禅修当中，即是说一个妄念解决了。一个妄念的存在意味着什么？有成千上万个妄念在一起。一个问题的存在意味着什么？有成千上万个问题在一起。但是爱里面没有问题。没有问题的原因是，爱没有不允许。没有不允许就没有问题。

爱不是一个宗教仪式，不是一种信仰，也不是一种文化。爱纯粹是生命本身的原有的东西。爱是人类永恒的主题，所有宗教的灵魂，更是所有快乐和美德的源泉。一个人失去爱的时候，幸福与快乐因此消失。一个人拥有爱的时候，幸福快乐因此存在。爱是生命力。爱是一种方法。处理问题的时候一定要用爱去处理，能够处理得彻底。爱的处理是从根上去处理，所以爱是最高尚的方便。

除了爱之外，没有所谓的方便之说。佛教当中最高尚的方便法就是爱。

瑜伽

你的生命融入到喜乐中，喜乐融入到你的生命中，你和喜乐合二为一。你体验到的是如同色和空的关系，空和色的关系。这是乐空不二的体验的修法。

一

瑜珈是一个古老的练习方式，它的起源据我所知没有一个确切的时间记载。但也有不同的说法，有人说一万年前就有，有人说六七千年前开始，有人说三四千年前开始。这个瑜珈不是一般的简简单单的瑜珈，和我们现在社会共同认为的瑜珈也有很大差距，后者除了动作之外，没有别的理论,既没有哲学，也没有见地，更没有信仰，只不过讲述一些动作的部分。但我们现在所提到的瑜珈，是信仰、见地、哲学、修法与身体的动态连在一起的一种学习。

瑜珈是特殊的词，是合一的意思。瑜珈在藏文当中叫做NELJOR。NEL指的是一切万事万物本来如是的状态，如同是空。空是什么？空是事物的本性，是万事万物存在的状态。JOR指的是无常，是万事万物存在的过程。NEL和JOR,一个如同是空的象征，一个如同是无常的象征，两者指的是原本的状态和体现出来的状态。因此，瑜伽指的是每个人回归到本来如是的状态。

密法当中，瑜珈这个词处处都有。阿德瑜珈叫做大圆满法，摩诃瑜珈与阿纳瑜珈，指的是生起次第和圆满次第。还有格若瑜珈，叫做上师相印法。在传统当中，不管修哪种瑜珈，阿德瑜珈，阿纳瑜珈，还是摩诃瑜珈，格若瑜珈都贯穿其中。但即便是简单的格若瑜珈，修法也十分复杂，有外在的，内在的，秘密的分类。外在的上师瑜珈是三种恩德，三恩根本上师，包括了哪三个恩？是一个人给你传授传承、灌顶、窍诀。内在的上师是你的觉察和安住。秘密的上师是你本来清净的自性，我们叫做本具圆满的佛心。

这意味着什么？我们现在通过外上师来了解内在的觉察和安住，先接受一些传承，再接受深层的窍诀，技术性的东西，才知道怎么去安住，怎么去觉察。觉察和安住是培养内在的清净心，之后再融入自性光明。它们是相辅相成的修炼方式。

瑜珈既有纯观想式的修炼，纯动作式的修炼，也有纯气脉明点的修炼，但是传统密法当中最神圣最秘密的瑜珈，是无上密法，这个修炼纯粹以气脉明点为核心。传统的藏传佛教，不管是父续的无上密法，母续的无上密法，还是子续的无上密法，核心的修炼就是气、脉、明点为主。大圆满瑜珈是一个非常特殊的训练，既不需要动作，也不需要观想，更不需要修气脉明点，纯粹是通过上师的窍诀和自己虔诚的心，让自己的心和上师的心彼此心心相印，以此领悟本具圆满的如来自性。我们叫做本初佛普贤王，是法身佛的领悟方式的修炼。

无上密法修炼的核心是气和脉轮的修炼。怎么去修？人的肉体是个脉的网络，处处充满脉和神经，叫做粗的脉轮和细的脉轮。粗的脉轮里面有血液和一些液体经过。细的脉轮只有能量经过。气脉明点核心的修炼方式，基础的修炼是拙火，学习宝瓶气等各种呼吸的方式，有六种、七种、八种等不同的修法方式，这里不方便一一讲解。三脉五轮，三脉指的是中脉和左脉、右脉，五轮是顶轮、喉轮、心轮、丹田轮和海底轮。拙火的练习，核心的脉轮是中脉。在传统当中，中脉是我们智慧的能量流荡的地方，但对普通人而言，中脉的存在如同无用。往往能量流荡在左脉和右脉当中，而左脉和右脉可以称之为情绪的脉轮。这是贪嗔痴的脉轮之说。

我们训练的时候，练习拙火的训练，练习以宝瓶气为基础的各种各样气的训练，通达脉轮，以中国传统所说是通达经络。怎么去通达呢？一般普通的凡人，中脉这样待着，没有作用。但是我们练习的时候，把气流流荡在中脉里面，使它变成清净智慧的能量。练习的过程当中，打开心轮的中脉。心轮上方的白菩提，下方的红菩提，融合在中脉的核心里。在此过程当中体会到乐空不二，感受到喜乐的十六种体验方式。

无上密法的瑜伽，叫做转变道，俗称贪婪为道的修法。如同一个智者用好所谓的毒，毒能够治疗很多疾病。贪也能够治愈很多东西。贪和烦恼不是肮脏地去看待它们。贪运用在修法里，本身就是一股能量。很小的贪只贪自己，只爱自己，但是这个贪再扩大，可以转变，慢慢转变成爱天下众生的力量。一个非常深的贪欲满足之后，这个满足接近或者感悟了空性，就可以称之为乐空不二。

二

人们往往认为喜乐来自于对方，来自于别人，我们所谓的占有、欲望、贪婪因此而起。我们把金钱、女人、外在的东西当做喜乐。但是一定要记住，我们内心真正的喜乐绝不是因为金钱、女人所产生。它们不是喜乐，喜乐是你自己。你占有外在的东西，有一种快乐的感觉。快乐是感受的一个反应，这个感受来自于大脑，是大脑的产品。喜乐不是感受，它是生命本身。感受层面的快乐不是喜乐，但是可以称之为乐，背后携带着一个苦的基因。它是痛苦的根。

什么时候没有感受，就没有所谓的痛苦。感受是所有痛苦的根源。人迷失在这里之后，即便经历多少次经验也不会满足，如同在一个黑洞里打滚。感受是大脑意识，即小我所产生的东西，是二元分别、对立、执着、妄想所产生的产品，不是生命内在的东西。

所谓的快乐是感受，喜乐是超越感受。喜乐因为超越感受，所以不会产生任何痛苦。

快乐往往成为痛苦的元素。多半我们认为的那个快乐，在生活当中带来的其实是痛苦。快乐的时候，是你认为快乐还是你真的快乐？多半是因为自己认为在快乐，所以这个快乐本身是一个想象，是一个认同的建立。这个认同的建立是情绪的反映。但这些对我们而言有时却显得非常重要，大家会为了它而生存，而追求。现在我们以生命更深层的探索来讨论快乐与幸福，也许我们原来通常认为的快乐，跟快乐本身没有任何关系。所谓的快乐只是认为的快乐。

如同生活当中爱的人，觉得跟这个人在一起是快乐的，跟那个人在一起是不快乐的，但这个快乐并不是因为对方的人而产生，而是因为自己的认同而产生。你认为的这个快乐，本身是矛盾的，不真实的。因此，今天所依赖的人可能明天就会成为让你痛苦的元素。在情感上依赖的这个人，你相信他们带给你快乐，但是最后这些情感往往带给你伤害，不管是间接的还是直接的。

你什么时候不再认为它带给你快乐，它就伤害不了你了。但如果这样，人是不是变成了一块石头？不是，你的自我被摧毁在大千世界里，你成为了世界，世界成为了你。现在我们不是在给一个答案，只是给一个思考。

喜乐是本具于生命本身的，不需要去外在的世界寻找，也不需要物质来填满。内在的喜乐，本来就是满的状态。按这个意义来讲，喜乐不是修来的，也不是学来的，喜乐是你自己本身，是内在最神秘、最奥妙的存在。喜乐是非常秘密的。为什么呢？很多人没有办法抵达这个地方，所以称为秘密。喜乐没有办法用语言来表达清楚。很多人无法了解，甚至无法相信。它成了生命中最神秘的东西。

喜乐，有时如同两个人刚刚初恋，也许是连身体触碰也没有发生的时候，但是某一天他们相互的距离很近很近，彼此的呼吸能够听到，那一刻你有一种无比的喜乐的状态。那一刻你的大脑停止了，只有对方的存在。不管是你多大年龄，你的年龄消失了，身上的身份、标签也全部消失，只是安静地感受对方的呼吸。呼吸是离生命最近的。这是我们在现实生活当中，体会到的一种超越快乐的喜乐。

快乐是一定会厌倦的。比如说喝酒是快乐的，天天二十四个小时喝酒，肯定也会厌倦。任何欲望都一样。舒服本身携带着痛苦。如果我们不了解深层生命最神秘的部分，不去探索，不去修炼，最极密的气脉明点没有办法掌握，肉体最极密的东西无法打开。因此，最神秘的部分必须要了解气脉明点。这些了解是让我们的喜乐、自在可以延续，不是一种瞬间的体验，而是一种长久的体验。完完全全安住在它里面，如如不动地待着。

人因为情感的欲望，对快乐的欲望，有伤害和被伤害、占有和被占有、虐待与被虐待的各种方式，成千上万个烦恼由此而起。如果在现实生活当中，一个人不搞定自己的欲望，就永远不会搞定自己本身。佛经里面有一句话说，捆绑生命，绑得最深的是哪个东西？占领生命，最厉害的是谁？是你的欲望，也就是贪婪。如果能够摧毁贪婪，解脱贪的捆绑，这才是究竟。有人一辈子也解不开，男人和女人都差不多。生活在都市的人，这个困扰比过去的人更深，因为时代变了，文化变了，表达的方式更直接，反而带给人的困惑也更直接。所以练习瑜伽有深的含义。

我们所谈论的瑜珈，不光是要领悟爱，更要领悟慈悲，还要领悟菩提。爱是一般的人所有的，慈悲是菩萨或者圣人所有，菩提是大彻大悟者才能领悟和体会到的。

这个练习过程当中，要解决三个问题。一个是生，一个是死，一个是中阴。对一个人来讲，现实生活当中，摆在面前的就是这三个问题。这个无上密法修行的核心，是生、死、中阴，也是气的练习，脉的练习，明点的练习。气的练习是生，脉的练习是死，明点的练习是中阴。而基三身佛的修炼来说，生为化身，死为报身，中阴是法身，这是三身的修炼。气的修炼可以称之为化身，脉的修炼为报身，明点的修炼为法身。解决之后体现的是三身之佛。最后体会为乐空不二的境界。

三

喜马拉雅象雄瑜伽的修炼，既包括了动态瑜伽的修炼，也包括了有观修瑜伽的修炼，也包括了非观修瑜伽的修炼。我借用古老传统里自己觉得相对简单和容易的内容，让现代的时尚的人，也能够学到一些传统的古老的精华，在忙碌的现实生活当中可以体验。喜马拉雅象雄瑜伽的训练包括鲁雄瑜伽、洛雄瑜伽、扎龙瑜伽、拙火瑜伽、大乐禅定瑜伽、日巴瑜伽、赤觉瑜伽、腹内瑜伽、格若瑜伽。这是我自己的方式。第一步是身心不二的部分，第二步是气心不二的部分，第三步是色心不二的部分。

身心不二，一般是带着动作去练习。禅宗当中称之为动禅。只要有个觉察的心，带着动作去练习就可以，不需要太多复杂的动作，不需要任何复杂的观想。没有太多的气和观想的要求，但要求身体和心的感受。用心灵去感受身体，用身体来感受心灵。它最主要是动作部分。

鲁雄瑜伽是一个基础的训练方式，一个人养好身体之后，体验一杯茶都会有很深的体会。心和身的分离是现在都市生活中所存在的严重问题。心的因素带来身的不健康，身的原因带来心理的不健康。人与人近距离的时候，也是拿着电话各自说话。亚健康的人，心理压抑的人，练习鲁雄瑜伽可以帮助身心健康。它是为了解决情绪问题的一些疏通，身体的一些疏通。这是一个解决办法。

气心不二，有更深层的含义在里面。转入到一个正能量的范畴。不光是身和心的反映，更讲究能量的反映。密乘佛教的核心讲的就是能量。宇宙本身的存在，也是种种能量和合而产生，生命也是因为能量和合而成。佛教往往说的是五大和合而成的能量，既有外在能量，也有内在能量和秘密能量之说。外在能量指的是星球与星球之间的距离，相互的感应，甚至是一年的春夏秋冬，人体的衰老和沧桑，生老病死的反应。内在的能量是一个人的五大和合能量聚集在一起。还有秘密能量，指的是人的情绪反应。还有极密极密的能量。

能量，既有正面能量，也有负面能量。最粗浅的，我们所看到的是气。一般我们心里很压抑的时候，发出的气是闷气，我们愤怒的时候叫生气，不同的情绪发出不同的气息。你的气和心是相辅相成的连接，也有更深层的连接。气和心的关系与身和心的关系相比较，气和心更密切一些，它们之间有更秘密的连接。我们古老传统的一些呼吸法，也叫做能量的练习方式，练习如何排出内在的负面能量，我们叫做浊气。这个修炼是神秘的，涉及内心更深层的部分。内在的内能，我们叫做白菩提和红菩提。再往下讲，会提到智慧气、烦恼气。它是非常秘密的范畴。讲述和学习也非常严格。

色心不二，超越了主体和客体，更超越了二元对立。我们叫做内心的心灵世界和外在的万物世界，没有两个，只有一个。它讲的是入定，或者是真正的证悟境界。它没有太多修炼本身。这纯粹是我的分类，这个分类也许合适，也许不合适，完全是我的想象。如果按照这个分类，一个人在练的过程当中，比如说日巴瑜珈，也可以没有任何实际的练习。它是一个状态，原来的如实的状态。它超越了修炼，超越了思索。还有其他的瑜珈类似这样，是很深层的部分。这些都是非常深的修法的方式，如果有缘的人或者感兴趣的人，可请教一些具格上师，是极密的范畴。

藏传佛教最出名的大圆满，真正讲的就是色心不二。

传统佛教当中，往往会有色空不二的说法。色是空的显现，空就是色本身的状态。空，简单来讲就是允许发生；色，就是证明了允许发生。它们讲的是一个东西，而不是两个东西。但是人讲空的时候，往往脱离了色，讲色的时候脱离了空。实际上它们是一个事物的两面。空是色的内部，色是空的外部，它们是相辅相成的。我们所看到的这个空间，和这个空间里的光有什么区别？光在的地方肯定有空间在。虚空当中看到的这个空间和光是合一的。对一个人来讲，除了心之外没有第二个景象存在，色的存在。人的心灵所读到的空间和动物所读到的空间是不一样的，很多动物的世界是没有色彩的，但是你的这个所谓的色彩是来自于哪里呢？所有的色彩都是你心的产物。

讲解色心不二，不是站在逻辑和哲学层面来讲解，是从更深层的心灵感悟和体验层面来讲解，完全超越所谓的语言和文字。什么叫做色心不二呢？色心不二的时候，没有任何特定的禅修方式，也没有任何特定的仪式，也没有任何特定的动作。它只讲究你内心的感悟和体验。那怎么去体验？先安住在这个虚空当中，双目盯在虚空，双目所盯住的这个虚空和内在的心没有办法真真正正地分析。所看到的这个虚空就是心，心就是所看到的这个外在的虚空。心和它之间没有所谓的内外关系。这就是你的心的反映。

那个时候你的心和这个空间完全在一个平面里，是合一的状态。合一的状态是什么？心安住的状态，不管是外在的虚空的空间，还是内在的本身空间，这两个空间没有任何区分，完全是在一体。“有”是唯一了解和证明“无”的方式，“无”是唯一了解和证明“有”的方式。因为无中有了有，有中有了无，所以它们就是一个。但在分别和相对意义上来讲，它们两个是矛盾的。我们如同是一个入定者，一个禅修者，双目定在虚空当中，那一刻非常清楚而明亮，是色的反应。心没有别的妄念干扰，能够安住在里面，可以称之为心。那它们两个可以称之为色心不二。除了明亮之外还有心吗？没有心。除了心之外还有没有明亮呢？没有明亮。

这些修炼本身，千百年来，伟大的成就者们用过。在这些用的过程当中，他们发觉了身体更深层的秘密。所以目前人类文明也许还没有探索清楚我们身体本身。科技再发达也罢，不用说宇宙本身，目前人类连生命本身也没有完全讲清楚。肉体是各种能量的组合，练的过程当中，它帮助身体恢复健康。动的过程当中，也是一个解闷的过程，是身心放松的一个过程。因为它可以拉开神经、脉轮，甚至呼吸也会畅通得更到位。这些是自古以来无数的修炼者用来平和身心的方式。现实生活当中的人来练习，会有一个出口。不再依赖于药物、喝酒、抽烟。他通过这样的方式来对身心平衡起到作用。

我借用古老的藏传佛教瑜珈练习，还有喜马拉雅象雄瑜珈古老的传统，结合了我自己曾经学的密法里面的瑜珈。持库、扎龙瑜珈，再是气脉明点的日巴瑜珈等等，是有很深的内容，比如说日巴瑜珈，没有什么具体要练的东西，只是当下的觉知。鲁雄瑜伽是基础的动作模式，是身体训练，和能量没有关系。先排出身体内在的浊气，再精通身体的一些脉轮和经络，这是它至关重要的事情。同时它逐渐培养出觉知的心，并且对腰椎、颈椎、失眠、肠胃失调、消化不良、心口闷、背痛、疲乏……都有帮助。

鲁雄瑜珈，我准备了二十五个动作。这些动作并不是我创造的，它们属于古老的传统。我从自己所学的《那若六法》和《内格六法》，包括《时轮金刚》、雍仲苯的《母续金刚》、《胜乐瑜伽》、《阿赤大圆满瑜伽》、《竹青瑜伽》里面，选出二十五个动作，与适合于现代人的动作相结合，包括五种呼吸方式，五种坐的方式，五种站的方式，五种躺的方式，五种趴的方式，这样的一个修炼的组合。

这样的动作对我们有什么帮助？让已经坏死的脉轮复活，把即将要扭曲的一些脉和经络拉开或者畅通。你内在堵死的血液，可以疏通。新时代的人可以练习这个，鲁雄瑜珈不需要有信仰，没有任何带着宗教意识的成分。动的方式是疏通内在情绪。让心能够平静下来，带来身心平和。心能够感受到身的存在，身感受到心的存在。它们是相辅相成的，是一种连接方式。

动作和觉察要连在一起。慢慢做完了动作之后，要觉察这个动作。所以修炼过程当中，最核心的是动作本身以及对动作的觉察。对动作的觉察，慢慢能够带到你的生活中去，让你觉察你的言语、行为、思考。你不会更多地犯同样的错误。我们犯的错误往往是习惯性的错误，不断重复、挣扎。比如说心胸的狭窄，各种情绪曾经伤害过你，此刻也伤害着你，将来还会伤害你。觉察到这个，就能够消除生命所经受的伤害。觉察的时候，它成了真正的身心的禅修，一种动禅。

真正在藏传佛教当中所谓的瑜珈，是对我们自性圆满的一种认识方式。自性圆满的认识方式，也是让我们不清净的心回到清净的方式，是让我们体会化身、报身、法身三身之佛的方式。不是在心外追求某个佛，而是完全的本具圆满的三身之佛的体验方式。瑜伽有很深的观想。这样的观想是了解内在清净的一种方式。它包含内在的清净观的修炼和本具圆满的修炼。

金刚舞赤觉剑法

在真正摧毁内心的敌人之后，你找到一个安全的地方，在一个和平的世界里待着。这个和平不需要任何造作，是生命纯然的放松与和平。

一

在佛教中，既有转变道，也有解脱道。所谓的转变道，不是说放下，而是如何去用它。解脱道则是你如何去明白它。比如一个人拿了海洛因在手里，他周边的人包括自己都在告诉他，这是毒，一定要放下，它会害你，于是他竭尽全力放下它。但放下的它不仅是外面长出来，而是从里面生发出来的，是在你自己的土壤里面长出来的。你放下的是果，不是根。我们大多数时候看到的都只是果，不是根。如同一棵树，最后长出果的时候，意味着它完全成熟，把该表达的全部都表达出来。我们看到它长出果，但不知道这棵树从哪里来。所以，要解决它的根，它的源头。

所谓毒药，会有别人说这是好东西。如果你知道如何利用，有技术，有配方，它就可以被提炼出完美的力量，可以救很多人的命，这是密宗转变道的说法。我们不是放下它，而是拿起来用它。用好之后它会成为一个更有力量的东西，因为毒本身是力量的象征。这个力量能够转变你的缺失，增加你的速度。原先你一分钟只能跑十步的路程，这个理论借用之后，你也许一分钟可以跑二十步，缩短了走到目的地的时间。

简单来讲，密法所说是如何去用。大圆满或者大手印，是你完全明白了它的根和全部之后，不再怕它，知道怎么去管理、去处理。即便天天彼此在一起也不会紧张，因为你解脱了它可能带来的威胁和伤害，你完全清楚。大乘是怎么把我们内在的情绪和烦恼放下，密乘是如何利用烦恼来转化为正能量，大圆满是如何去明白烦恼本身也是自性光明的一种反射。再僵硬的冰块也从来没有分离过水本身，只是在某一个时间和时空的干扰之下，没有展现出真正本来水的样子。但是冰块从来没有离开过它的本性的水，所以冰块本身就是水。我们明白了烦恼之后，可以明白自己本身。

赤觉剑法的见地来自于密法理论。它并不是说完全出自传统，我个人综合了密宗的金刚舞，诛法和诛杀的原理，动禅的原理，把它使用在现实生活当中，成为一个摧毁我们的烦恼的方式。真正的烦恼的改变，不是等待中改变，而是去真实面对，接近它是唯一的改变方式。我们往往希望以时间和空间来磨灭烦恼，但这意味着什么？其实你不过是把内心的情绪隐藏起来而已。它的根没有取出来。赤觉剑法能使你毫无造作地把内在的情绪以最纯然最原本的方式释放出来。而你原本的动机是爱与慈悲。

我小时候经历过金刚舞，在练的时候，他们会告诉我，应该要有一些观想，一些仪轨。当时没有完全明白这个观想的核心在哪里，这个仪轨的目的在哪里，就是依照去做。密法的核心是以烦恼为道。烦恼也有三毒和五毒之说。我们说烦恼是什么呢？贪嗔痴慢疑，是谓五毒。有时候我们说三毒，贪嗔痴。密法里面更多以这三种修法为道。怎么利用好你的烦恼、昏沉、贪婪，是密宗一个方便道的修炼方式。贪嗔痴的方便道，指的是如何妙用一切烦恼。本来烦恼是带来情绪、痛苦、灾难的一股能量，但经过我们妙用，它会转变为内在的觉知，内在的慈悲，内在的安住，成为正能量的一个元素。这是所谓的妙用。

密宗常提到方便与智慧的不二，这里的方便指的是慈悲，智慧指的是了知或者证悟空性的真理。它们两个不二的时候，认知空性的智慧里面充满着慈悲的能量。你拥有慈悲的时候，也不离开证悟空性的真理的范畴，它们相辅相成地存在，称之为方便与智慧的不二。但它难以用语言阐释清楚，因此是秘密的范畴，是长期打坐长期修炼的人才能够感悟的一个状态，是密法的秘密核心。

乐空不二的练习告诉我们的是我们肉身如果得到更多的进化，就能够承载更多的快乐。现在我们说方便与智慧不二的修炼，则可以让人体进化到非常深的部分，就可以二十四个小时在喜乐中待着。

我们的肉体可以承载成千上万的问题、烦恼、痛苦。有了白血病或者癌症的人可以在医院里面扛着，扛一百天，扛一年，甚至更多时间，但是你的喜乐，最初的一个反应几秒钟都待不住。你待不住的状态叫做罪恶。密法里面讲，心不是罪恶，你承载不了喜乐才是罪恶。你喜乐之时，完全降服所有的情绪，在一种满足的世界里。那喜乐是什么？喜乐是我们自己本身。你喜乐的对象是什么？对男人来讲，女人是喜乐的通道，对女人来讲，男人是喜乐的通道，彼此绝不是喜乐本身。但是我们现实生活当中很多人把女人当做喜乐本身，男人把女人当做喜乐本身，这是错误。因为这个原因，游戏一开始你就犯了错误。

刚才讲到方便与智慧不二。现在的原理是，一个是贪婪为道，一个是愤怒为道，一个是愚蠢和昏沉为道的修炼方式。那简单说，贪婪为道的修炼是什么样的，愤怒为道的修炼是什么样的，昏沉为道的修炼是什么样的？密宗很多本尊的仪轨当中，有个叫做荟供的说法。荟供的目的是学习资粮的问题。资粮有福德资粮和智慧资粮之说。诛法是一个特殊的训练，观想如何砍断所有敌人。诛杀的目的是什么？能够利益一切众生。诛杀的对象是什么呢？你内在的幻想、执着、分别、无明，都要砍断。砍断到什么样的程度？摧毁在明空不二之中，摧毁在空性，这才是真正的诛杀和摧毁。

你的自我摧毁在根本清净里，把你的执着、梦幻、造作、愤怒、无明、情绪等所有烦恼，摧毁在自性清净和自性光明或者本具空性之中。你摧毁了真正要摧毁的东西。摧毁的方法在密法当中非常之多，因为密法本身的存在是方便之道。其中，我们可以使用赤觉剑法来斩断烦恼。

二

赤觉剑法是诛法的一种方式。所有密法当中都有这样的修法，比如说大威德金刚、普尔巴金刚、马头金刚、母续金刚。在我们一些传承当中，也都有这个诛法的修法，把嗔用来修道。有的是通过修坛城的方式，有的是修仪轨的方式。

贪嗔痴慢疑，五毒烦恼，我们分成清净五毒和非清净五毒。这个说法只存在于密宗。有一种贪婪不能有，有一种贪婪可以有。可以有的贪婪是什么？就是你不放弃所有众生的烦恼的这种爱和慈悲，可以有。这是我们叫做清净五毒当中的贪。还有傲慢，修本尊的时候自己和这个本尊不二的那个傲慢的心，我的身口意就是本尊，除了我之外没有本尊，我就是本尊，那种傲慢可以有。而能够诛杀一切众生的敌人的那种愤怒、嗔恨，也是属于清净五毒。这是赤觉剑法见地的基础。

我们每个人或多或少都有内在情绪。不满的情绪其实是一种嗔恚。员工对老板不满，老板对员工不满，大领导对小领导不满，小领导对大领导不满。总而言之这个社会有非常深的不满情绪，感染到每一个人身上。某天这些情绪出来会非常可怕，它是一种伤害。我们所有的战争几乎都是嗔恚带来的产物，嗔恚在人类社会中破坏力最强烈，带来的灾难是五毒里面最重的一个。社会矛盾的背后都是不满，它会以伤害的方式爆发出来。

嗔恚和傲慢背后最大的特点是什么？是恐惧。为什么我会嗔恚，生气，其实是内在担忧的象征，我们叫做懦弱。愤怒带给现实生活的毁坏超过贪婪本身。贪婪更多和占有在一起，愤怒则是和伤害和摧毁在一起。你的愤怒也许会杀死亲人、孩子、父母等等，愤怒的干扰非常强大。

我们现在的人有生存的担忧，有这样那样的担忧，比如情感的担忧，现在这样一个时代，似乎没有一个人相信自己的老公或者太太。这个担忧是和愤怒连在一起的。那么愤怒是怎么起来的？刚开始是担忧，内心变得脆弱和不自信，然后引发了愤怒。这是一股能量，和非常深的破坏力连在一起。假想你的男朋友，或者同事，或者生意场上的对手，或者某一个人，是你能量出口的对象。你把他当做仇人，去摧毁他，这个过程当中最大的受害者不是对面的他，而是你自己。

你失去了生命中所有的放松。人必须要松弛，松弛之后是生命自在的开始。但是现在的你，生命被绑得紧紧的，像在钢丝线上走，这样的负面能量是摧毁性的。不满的情绪没有办法出来，压抑在那里，卡在那里，变成焦虑和抑郁，最后体现在身体上。很多糟糕的疾病会出现，甚至各种肿瘤和其他绝症。

现在假设我们练习赤觉剑法，练剑时你把所有情绪，通过动作、呼吸、想象力清理出来。最主要的是动机。我们叫做慈悲为根，方法为愤怒。这是无比的慈悲之心，目的是摧毁自己和他人真正的所有敌人。因为我们有敌人，得不到安宁，所以，我们将以希望自己和他人能够得到一个和平而极乐的生活状态而进行这个练习。先是这个动机，再把所有的愤怒发出来，你毫不犹豫地真真正正砍下敌人的脑袋，砍得越顺，内心那份慈悲的力量越强。你也许要砍八万四千个脑袋，但是每当砍了一个脑袋之后，千万不要拿回来。如果拿回来，这个脑袋它会有魔力般又变出成千上万个脑袋。

人生就像一个战场。打完的方式不是消灭你的亲人，消灭你的敌人，消灭你的朋友，不是这样的方式来打完这个仗。真正的战场在你的总部，你要消灭的核心是五个烦恼。我们叫做贪嗔痴慢疑，是五个将军。这五个将军之外，还有两个将军，是希望和恐惧。希望和恐惧之外，还有一个叫做分别。分别是由所有虚幻的自我而产生的。你恐惧的那一刻，处处都是敌人。这种不安全的心是因你虚幻的自我而产生的。剑法最后的目的是，你不再有恐惧。你不再有恐惧的那一刻，完全战胜敌人。

你砍断这些之后，能够走到极乐世界。极乐世界是什么？没有战争，没有饥饿，一个和平的地方。所以在佛教的逻辑体系里，假设用这个方式来打仗，可以天下无敌。不然的话即便杀了一万个敌人，也是失败。总而言之，我们要自我摧毁。自我摧毁的那一刻，让我们走到一个放松的世界里。我们每个人都渴望幸福，希望拥有一个和平宁静的生活，清净自在的生命。但是如果你生命中的那份嗔恚、不满、恐惧不摧毁，你就没有办法得到。

在真正摧毁内心的敌人之后，你找到一个安全的地方，在一个和平的世界里待着。这个和平不需要任何造作，是生命纯然的放松与和平。你在世界的任何角落，一定要记住，唯一让你安全的地方，是安住在自己生命的天堂里。

现在我们讲这个仪式。先调整好呼吸，再进行动作，动作就是三个步骤。一个是剑，一个是动作，一个是呼吸。这三者合一。所有的剑都是在你的身体上走，不是往外刺别人。每一剑刺出去的一刻，动的一刻，不断地观想砍断你的敌人，把所有的情绪、愤怒、不满的东西放在前方，不断地砍它。这里有两个套路，一个是简易的套路，一个是相对复杂的套路。一般初学者只学简易的套路。

简易的套路内容是更多地引发你的情绪，复杂的套路是更多地砍断所有情绪的敌人。砍完之后，安住在明空不二的状态，把自己摧毁在自性光明里面，待一会儿，安住一下。你此刻身体最大的反应是，人很放松，气很畅通，在胸口多年累积的闷气自然而然以剑法的动作方式清理出来，心里也有个放松感。证明你砍断的是真的恐惧和期待。

三

带着慈悲去进行这三个步骤。剑法、动作、呼吸往下进行的时候，生命越来越放松。这证明了什么？情绪的力量更多地点燃了内在的爱的力量。情绪越多，反而这爱的劲道越大。如同一个小的微渺的烛火，外在的风，外在的万物，对它来讲在某个程度上是障碍，但是我们适当地用好，不管是万里的森林、柴火包括风都在成为它的力量本身。最后在过程当中，森林、木头，这些物质都成了火的力量，所有的外在力量，包括风的干扰，都成了它的力量。不光成了它的力量，这些存在也都变成了它本身。它们成为一体，没有任何分隔。

我们练习赤觉剑法，最后剩下了什么？是充满无比力量的慈悲与爱。所有情绪在当下变成一种爱的能量，变成了爱本身。缺失爱的人，充满恐惧的人，在练习的时候，爱的火苗点燃在生命里，那个时候我们如同存在于爱的世界。如同佛教所说的八万四千种不一样的柴火，这些物质的东西，最后都变成了火，八万四千种的情绪，统统变成了爱的能量。这是当下的赤觉的力量。

这种剑法，让你的五毒烦恼摧毁在爱和慈悲的世界里，五毒烦恼也成了爱本身。它们原来是不可分割的。在我们使用的过程当中，它们开始成为爱的力量，最后变成爱的本身。那一刻你的生命才真正获得自由。这是赤觉剑法的目的。

【叁】

随想录

寻找幸福

我们要寻找的不是另一个时空里的天堂，而是心灵深处的天堂。心灵的天堂时刻和我们在一起。

小的时候，我们如此单纯；长大以后，却习惯了表演。随时随地都在角色里，人前人后为角色奔波，忘了是在演戏，把自己交给这场跟生命毫无关系的闹剧。自我的习性让我们活在混沌之中，无法区分真实生命的要求和狭隘自我的欲望。

我们沉迷于感官世界的刺激，失去了生命的重点而不自知。情绪在自我的指挥下肆意出动，陷入烦恼的轮回而无法自拔。你是否思考过生命和自我的真伪、感官和心灵的虚实呢？

请问问自己：何为幸福？你曾经历过幸福吗？然后，闭上眼睛，抛开这个世界，仔细问问你的心：如果不用社会的标准、旁人的评价以及世俗的见解做判断，幸福会是什么样子呢?

我对世俗幸福的定义是：欲望得到适当的满足。反之，欲望得不到满足，就成了痛苦。那么，按照这个推理可以断定，你我永远都不可能得到幸福，因为欲望没有尽头。满足了一万个欲望，不等于满足了所有的欲望。我们竭尽全力去满足自己的欲望，仍还有无数的欲望在等待着。

我们永远无法获得满足，为什么呢?因为我们根本不知道究竟应该去满足谁!

为了追求幸福我们牺牲了太多，以致很难有机会换一种方式去牺牲或者去追求。我们用各种方式掩盖内心的脆弱，用各种理由逃避挫折。遗憾的是：生活的战场无处可逃。如果我们用一种渴望觉醒的力量去面对生活中的一切，世界将会变得温馨而和谐，烦恼与伤害将会因此而消失。

外在的财富、酒精、毒品会让我们暂时忽略痛苦，但不能彻底消除内心的挣扎，也不能让我们拥有真正的喜乐。物质给我们带来了便利和富足感，但对它的渴求却给生命带来了伤害。这让我们看起来很强壮，内心深处却因此而没有力量。物质既不是快乐也不是痛苦，仅仅是一种助缘，它的存在甚至有可能带来更多的伤害和痛苦。

拥有的越多，担心失去的恐惧就越多，产生的自我和傲慢也就越多。人们为了拥有付出了太多的代价。也许，生命中从来不会拥有什么，只是我们一直相信自己是拥有者。不管是谁几乎都无法逃离恐惧，强大的自我意识总是担心被伤害、被遗弃。有自我的地方永远有恐惧。恐惧仿佛是自我的影子，永远伴随着自我。

恐惧产生于自心，当我们无法了解它时，整个生命会被它击垮。我们往往以为恐惧是外在的，一味注重外部起因，却从不花时间去面对内在的那个原因。我们的生命被期待和恐惧霸占了，我们从来不追问它们的基地在哪里，也不追究它们带来什么后果。你是否想过，烦恼、情绪和忧愁，以及一切的一切，都来自于它们？战胜它们最有效的方式，是用包容的爱和清净的智慧去面对。

所有的经历、经验和知识都不足以让我们永远没有烦恼，因为历史再也不会原样重来，经验与知识的累积永远不足够。这个世上没有永恒的存在，无常就是永恒，烦恼也是如此。我们既是烦恼的制造者，又是烦恼的熄灭者。幸运的是，连我们自己也不是永恒的。无论是生活还是工作，我们站在强大的自我的立场上，要求一切都走上“我”认同的轨道。自我的消融不仅是个人生命的救赎，也能给他人带来祥和。

当我们走过一程回首眺望的时候，你会发现，顺境对于我们并没有太深刻的意义，相反，不管你曾经是否悲伤、被伤害甚至被抛弃，所有的苦难都让我们成长。我们往往试图远离错误和痛苦，因为我们视其为负面的事物。这种想法让我们无法从错误和痛苦中吸取教训，从而失去了认识错误和痛苦的机会。

我们忘记了一个事实：那就是错误和痛苦与其他事情一样，也不是一成不变的。如果你接纳，敢于承担和面对，一切都有可能峰回路转。

出于人的本性，在痛苦时我们想摆脱痛苦，而这种想法却额外增加了痛苦。对于快乐也是如此，我们希望保持快乐，而这些想法却使我们离开了快乐。一方面想摆脱痛苦，另一方面又想保持快乐，这些欲望都会导致痛苦。痛苦和快乐相互依存，快乐包含了痛苦的种子，痛苦也包含了快乐的种子。

如果我们观察痛苦和快乐的感觉，就能认识到它们是可以相互转换的。痛苦中可以产生快乐，快乐中也会产生痛苦。

快乐和痛苦都是我们思想的产物。我们培养快乐的想法，就会感受到快乐；我们认为万事皆痛苦，就会经历痛苦。因此，当我们处在快乐和痛苦的时候都需觉醒，这一切只不过是自心的游戏。痛苦和烦恼的制造者不是别人，而是我们自己，但我们并不知道自己是始作俑者，所以我们迷失在里面。

我执只站在自己的角度上观察所有存在，只考虑到自己的观点而非别人的观点，结果就导致对个人理念的执着，却无法反映自然的状态。这种成见只表明强烈的自我意识，将自己与他人分离。

自我的核心是什么？自我真的存在吗？所有的情绪都是自我的产物，当我们认为自我真实存在时，就产生了种种情绪。去掉一万个情绪不等于去掉了所有情绪，去掉了对自我的执着才是去掉了所有的情绪。强烈的我执是一种不平衡的情绪，阻止和破坏了我们内心的平静，使我们无法获得真正的快乐。如果快乐是由于强烈的自我执着而产生的，那么快乐产生的同时就已经种下了下一刻痛苦的种子。

人的生命里有两类事，一类我们可以改变，另一类我们无能为力。对可能改变的事情要尽心尽力，不留任何遗憾抱怨；对无法改变的事情则要洒脱放松，平静地接受，不让它占据内心的空间，将其转化为对生命的理解。佛陀教诲我们要懂得忍辱，忍辱就是安然地接纳生命中发生的一切，不管是顺境还是逆境。

一旦我们安然地接纳之后，一切都能成为生命中的精彩片断，转化为巨大的力量帮助生命成长。

强大的自我把我们内心的世界占领了，使之一点空间都没有。我们的心像是一块僵硬的石头，难以松动、难以渗透。一定要学会接纳，学会用柔软的心来解读人生，解读生命，解读周边的一切。我们习惯了活在不接受的状态里，所以总是爱骂人、爱批评。其实被批评和谩骂的一方难以接受你的礼物，最后我们只能将自己的谩骂带走。骂人时受伤害的不是别人，而是自己。

生活中的一切活动都是自我的展示。只有这样，自我才有存在感，才能获得满足和喜悦。所以我们一直放不下那份自我的游戏。人们完全沉醉在自我意识的世界里。人的痛苦来自于强大的自我执着，它就像一颗炸弹，随时都有可能在生命中爆炸。不幸的是，我们一直都在拥抱着它，所以经常会有意无意地伤害自己和生命中重要的人。

请不要伤害，伤害是罪恶，是所有不快乐的源泉，它带来痛苦、沮丧、争斗、傲慢、愤怒等等负面情绪，伤害破坏了幸福。我们总是陷于伤害和被伤害之中，人生因此而充满了无奈、麻木和茫然。伤害不仅发生在此刻，还会延续到整个生命里，使生命充满焦躁、不安和恐惧。如何消除伤害？消除伤害最有效的方法就是用爱去面对一切。

我们首先要做的是不伤害自己，然后才能谈得上不伤害他人。不伤害是我们能够给予自己和周围人的一份美好的礼物。

接受是对治痛苦的最好方法。每个人的心灵都具有这种品质，都有接受他人的潜质。因此，学习接受很重要。通过经常练习，接受将变得自然，将给生活带来更多的快乐和平静。聆听也是一种接受，它是理解的开始和良好沟通的前提，清空你的经验和判断，你会听到从没听到过的声音。

爱的拥抱

我们从未与爱有过片刻的分离，她一直就在你我生命的深处，等待着我们去苏醒。

爱是生活的核心及快乐的根源。没有爱，人生就失去了意义，痛苦和忧虑就会占据内心，内心将是没有力量的。施予的爱越多，体验到的幸福就越多，这种体验和外界无关，完全来自于内心。如果我们能让爱自由表达，广泛地施予爱，就会得到更多爱的回馈。如果没有爱的付出，我们就会面临爱的缺失。

人天生对爱都有原始的渴望，从而都会有意无意地去追寻。你谈过恋爱吗？一定要“忘我”地谈一次恋爱，因为那一刻你全然地和生命在一起，能够感受到生命的自由和温暖。

拥有了爱，我们就拥有一切；缺失了爱，拥有再多的财富、再高的地位、再好的名声也仍然在饥渴里。无论贫富贵贱，当拥有真诚的爱的时候，生命就是幸福快乐的！爱来自内心，是一种可以马上生起正向能量的情感。懂得分享爱，将给我们带来巨大的快乐。

有两种爱，一种建立在执着的基础上，另一种则是没有执着的、更接近于天性的爱。爱的执着越强自我意识就越强，这种爱会带来更多的问题。我们似乎没有体验过真正意义上的爱，也区分不清楚爱和欲望。爱不是要求，爱不是希望，更不是占有。爱是什么呢？爱就是爱！不带任何杂质、不带任何逻辑。

现实生活中要拥有纯粹的爱是如此困难，父母对于孩子的爱可能是世上最单纯最原始的爱，但奉献中也会掺杂了期待和要求。

真爱超越了期望和绝望，不是情绪的产物，没有对错、没有分别、更没有欲求。真爱是忘我而存在，不需要前提条件，不预期未来结果。真爱让人拥有燃烧自己点亮世界的勇气，勇敢地将自己全部融化在万物众生之中，没有一丝一毫的恐惧。

我们真正需要的是爱，生命因为有爱而变得极其简单，绝无造作。因为有爱，人与人之间的隔阂、伤痛和怀疑都会消失。心灵的痛苦，只有爱才能化解。当生命体会到当下的真实和柔软时，就接近了爱与慈悲。

理解是慈悲的开始，是能够站在他人的立场上，感受他的痛苦，聆听他的心声，并与他的生命产生共鸣。培养慈悲心是消除我执的最佳途径。当我们生起慈悲心时，就有能力消除由负面情绪造成的痛苦。包括我们在内的所有众生，都希望离苦得乐，要达到这个目标的唯一办法就是：发起真正的慈悲心。

以爱和智慧为主题的祈祷带给生命以方向，让生命充满强大的勇气和力量。每天祈祷，我们会从怨恨、判别和焦虑中走出，苏醒自身的宁静、安详和喜悦。祈祷和信仰无关，祈祷让我们与内心连接，让散乱的生命变得完整。祈祷，可以让我们丢弃困惑、自卑和狭隘的偏见，放弃情绪的接受和不接受。祈祷，可以还原生命的和谐与宁静，让我们能够安然地接受一切。

很多时候，人们都是在为欲望而祈祷。祈祷不是乞讨，真正的祈祷里面没有欲望的占有和控制。祈祷的目的是让我们带着祝福和爱，回到原初的清净状态，带着生命本具的力量重返简单真实，远离分别怨恨，毫不吝啬地与所有众生分享生命的无限喜悦与宁静。

佛堂、佛像和寺庙，是佛教的外在形式。佛教是佛陀的教诲，是智慧和慈悲，是觉悟之路。学佛就是学习做一个慈悲、智慧的觉悟者。佛陀就是我们和生命连接的桥梁和通道。他的存在，让我们懂得了如何去改变自己，回归无限的爱与智慧。

拥有强大的勇气和广博的爱才有可能消除内心的恐惧。爱就是有勇气拥抱一切，接纳所有；爱是能够牺牲自己，点亮世界。如同阳光里面没有黑暗一样，爱的世界里没有危机和悲伤，更没有恐惧。当我们为别人而活的时候，是我们想成为英雄；当我们真正为众生而活的时候，我们可以牺牲。可以牺牲和想当英雄是截然不同的境界。

如果有足够的勇气，我们不会抱怨，会敢于拥抱生活中的一切。你就像一朵莲花，周围是温暖的阳光，生活就是触手可得的天堂。

清净当下

真正的佛在每个人的心里，要学会跟自己心灵深处的佛对话。

我们往往迷失在标签里。其实这些标签和生命没有任何关系，却在某种程度上和我们虚幻的自我连在一起，让自我更有存在感和安全感。自我喜欢这样的游戏，因为这样自我才感到有力量。我们似乎无法活在没有标签的世界里，标签成了生活的存在方式，因此我们很辛苦，让生命挣扎在数不清的标签中。

“佛”也是一个标签，标签背后有很多文化和传说。我们过多地沉迷于佛的标签而无法真正体会佛。我们在各种文化里掺和、下工夫，最后失落于迷茫之中，找不到方向而失去了自己。

每个生命都拥有清净的当下，但是我们从来没有体会过它，我们只是在判断、妄念和情绪的重复里，日复一日，年复一年。柔软的当下，就是生命真实的本然。柔软是爱和智慧，不受外界的局限、不受形形色色标签的干扰，如同一杯清澈的水，绝无杂质。

禅修的目的是理解和领悟当下。什么是当下呢？当下就是无造作地安住在此刻的生命里。人人都拥有当下，生命的当下富足而真实，充满着温馨的力量。一旦用理性思维去解读当下，当下就消失了，我们就变得非常复杂。深深地吸一口气，让我们感谢这一瞬间，因为生命就在于此！禅修的目的不是要远离生活，而是让我们回归生命本具的安然与自在。它是如此清静而纯然。

我们并不清楚哪里是快乐的源泉，哪里是痛苦的源泉。其实，快乐和痛苦的根源都是心。禅修是让我们去明白心的本性。一旦明白了心的本性，就会发现连快乐和痛苦都只不过是假象，都是心的幻化而已。明白了自己，就明白了一切。我们能够记住一万个人的名字，也可以记住一万个人的身份，反而不知道自己的身份究竟是什么。即使明白了一万件事情，还有那第一万零一件让你迷惑。我们明白了“一”，就明白了所有。

大脑无法停止重复的思维，这种无尽重复的思维成了我们很大的烦恼，根本无法体验生命的安详与宁静。认同了思维，就成了思维的仆人。我们往往觉得我就是大脑，我就是思维。大脑和思维真的就是你自己吗？禅修是让我们超越这些思维，回到内心的深处。当真正进入禅修的时候，你会知道谁才是你生命的主人。

禅修讲究两个要点，安住和觉知。第一是无造作地安住在生命柔软的深处，安住在生命的当下和真实里。第二是觉知心灵的每一圈涟漪，不被妄念带着奔跑，不让妄念带走生命的当下。禅修是丢掉所有对错的认知，尤其是分别妄念，将心赤裸裸地安住在此刻生命的状态，没有任何造作和意念的呵护。

禅修不是在幻觉里，而是觉察虚幻的躁动，是看到水中的影子而觉知到水和影子相互合一的本质。禅修是领悟心的相续和心的本质的合一。无造作地安住在生命此刻的状态可以称之为禅，清醒地带着觉察自知的心可以叫做修。禅修就是培养安住并觉知的心。禅修要放松、自然、舒展、明觉地回到原本自在的境界。

禅修可以培养我们更细微的觉察力，从而将觉知带进生活中。觉察力的提高，可以更好地让我们洞察自身，理解外界，有利于人与人之间的沟通合作，有利于精准有效地达成目标。陷入自我混沌状态会使生活出现太多的冲突。禅修培养觉察力，给生活带来力量，让生命有归宿感。禅修让我们与生命自然沟通的同时与外界自然连接，特别是明觉自身能力的提高，免受各类文化习俗的局限，不迷失于附加的标签之中。

当烦恼的时候，想象自己放松地躺在柔软的草地上，自由地张开双臂，蓝天静静地守着你，白云慢慢地从眼前滑过，给你深情注视，感谢天……给你无限的空间。合上眼睛，大地稳稳地将你托起，小草温柔地抚摸你每一寸肌肤，感谢地……给你无尽的安全。留意你均匀的呼吸、平缓的心跳、湿润的双眼、流动的血液……感谢父母，给你伟大的爱。这时，你会听到鸟鸣，闻到花香，感受到阳光的温暖……感恩生命，让你如此地安然……

我们并不缺乏拥有，缺乏的是感受和沟通。蓝天下、山野间，放眼白云舒展、静享清风拂面、倾听万物细语、深吸花果芬芳……当你感受了大地的丰富，大地就属于你；当你感受了天空的辽阔，天空就属于你；当你感受了存在的微妙，一切就属于你！

超越逻辑

只要真诚地感受自己的生命，就能摆脱局限，
生活就会充满宁静和喜悦。

有时候我们觉得不快乐是由于努力不够，总是把希望寄托于未来的某一天。可是请想一想，我们已经度过了这么多岁月，在未来的岁月里我们能确保获得快乐吗？我们知道快乐是什么吗？现在不就是过去的未来吗?也许即使快乐在眼前，我们都认不出它来。

经常有人说他不能信任任何人，有这样想法的人常常以为自己没有问题，而问题在于他人，我们可以找出他人不可信赖的种种有力证据。按这个逻辑，实际上我们自己同样也是不可信赖的。我们生活在一个条条框框的世界里，就好像孵化在笼子里的鸟，一直以为笼子就是整个世界。一个连翅膀都不能张开的地方，你怎能知道你本可以展翅翱翔！人们往往陶醉在自己的观点里，被判断和执着淹没了生命。

修行的真正含义和目的就是改变自己的习性。改变犹如蜕变一样痛苦，我们必须勇敢地挣扎而出，因为这是生命唯一的出路。人们往往在五官表象里看到自己，用自己的逻辑、判断和知识解读人生。这种带着偏见和比较的方式产生了不认同、愤怒、悲伤甚至绝望，生活因此陷入无尽的烦恼。

我们无法基于自己的见闻和经验去获得事物的真相。尽管如此，大多数人还是依靠感觉和感知来做判断。无明使我们无法了解事物的真相，因此导致了很多问题并由此产生了很多的困难和障碍。

人们普遍认为自己的信仰是终极的，这种观念制造了很多问题。当我们抱着刻板的教条与他人的想法进行比较时，冲突就不可避免。世人执着于成见，必定容不下非议，以此造成的冲突不仅存在于家庭成员之间，也见诸于不同的文化传统和宗教之中。

当对生活的认识建立在大脑思维的基础之上时，我们会认为生活是相对稳定和不变的，进而会认为生活只有一个真相。每个人都会根据自己的见解、经验和感觉得出真相，因此你我的真相均不相同。如果我们认为只有一个真相，那就是认为每个人都该具有同样的想法，事实并非如此，而我们的错误结论导致了很多分歧和冲突。

我们往往觉得烦恼和外界事物有关，但是仔细阅读烦恼，会发现它只是你内心的看法和判断所产生的，和外界事物毫无关系。我们的生活就是我们的看法。我们的幸福、快乐、恐惧、憎恨、不安和烦恼，都和我们的看法连在一起。如果看法发生一点革命、获得一点解放，那些困难和危机也许会因此而失去威力。

我们的看法来自于哪里，我们是否想过这个问题？或许看法和生命一点关系也没有，人们的看法和思维模式都是后天获得的，当用这些观点和思维模式来解读自己的生活，生活就变得如此复杂。

逻辑和知识在生活中是不可缺少的，但是逻辑和知识代替不了生命本身。生命的存在与逻辑与知识没有任何关系。你听从逻辑，但生命不会听从逻辑，逻辑对生命毫无价值，起不了任何作用。如果抛开有限的逻辑去感受无限的生命，也许更能接近生命的真相。生活中的很多东西都无法用逻辑来衡量，比如爱。爱和逻辑一点关系也没有，爱绝不是通过学习和服从逻辑而获得的，爱是生命里自然流淌的能量。一旦出现逻辑，爱就消失了。

如果用逻辑来预测，就说明还有疑惑，只有丢下疑惑，才能把爱全然地给予世界。逻辑使我们无法普遍地爱他人，生命因此陷入狭隘与沮丧。人类最大的悲哀是把妙不可言的生命局限于死板的逻辑之中！所以，我们需要超越逻辑的约束，在放松中发挥自己的潜能，体会生命本来的清净。

敢于超越逻辑、接近困难，就是伟大的开始。以这种超越的心态去突破局限。面对生活，将会有无数的奇迹展现在你面前。人类的伟大在于懂得思考，思考是非常重要的。佛陀讲了八万四千个法门，目的就是让我们去思考；无论《金刚经》、《心经》、还是其他所有的佛经，没有一个是讲答案的，都是在启发人们思考。

禅宗有一句话："小疑小悟，大疑大悟，不疑不悟。" 小小的疑惑和思考，可以明白一些道理，大胆的怀疑和思考，可以让你大胆地探索，明白更深层次的真理，得到更多的答案。而一点疑惑都没有意味着一点都不用思考，对于真理更是无缘参透。

正确的思考能让我们创造奇迹，反之，偏执的思考会给我们带来狭隘、偏见、执着，让我们无所适从。答案本身并不重要，重要的是思考，思考是答案的唯一主人。完美而真诚的思考携带着完美而真诚的答案。

我们的潜能是超越时空与逻辑的。如果总是受欲望与情绪局限，就根本无法发掘这个宝藏。带着祝福和爱的祈祷帮助我们摧毁自我的羁绊，开启潜能的大门，让生命在没有边际的天空自由飞翔！

感悟生命

每个人都渴望并探索着真理，我们所探索的真理就在我们的生命里。生命，就是真理。

人终究是要死的，这个问题永远是个问题。不管想还是不想，我们谁都不能保证明天自己还活着。生命中最能考验我们的就是死亡，生命中最神圣的或许也是死亡。宗教的终极目的是什么？是解决生死的问题。佛教的生死观不是拒绝生死，而是安然地接纳生死。

什么是无常？我们很难把书本知识和理论的推断带入

生命中去理解无常，因为无常是无法用逻辑破解的。观想无常，能帮助我们接受死亡并清晰生命的不确定性。对于无常的认识，也许会让你了知生命的真相，从虚幻的骗局中觉醒而重新定义永恒，思考永恒。

当无常与死亡不再是未知的阴影，它们就再也无法笼罩你的生命。当死亡不足以影响我们去真正体验生命的时候，我们就是真正超越了死亡。生命如此短暂，无论人多么聪明勤奋博学，能在死亡来临之前完成自己的所有目标吗？因此，充分享受生命的每一刻，生命才会更有意义。人生就是当下一刻。

人生有三大秘密：我们无法知道自己何时死亡、无法知道自己在何处死亡、无法知道自己以何种方式死亡。对死亡的恐惧让我们难以回到生命的自然状态去解读生命本身。思考死亡能够使我们超越生与死的局限，并且超越生死带来的希望与绝望，更深刻、更广博地解读人生、理解生命本身的存在。

人与人的经历千差万别，但生与死却是每个人都要穿越的门。我们往往求生厌死,无力承受生命的消失，所以避免提及任何关于死亡的话题。其实，思考死亡会给我们带来更多的价值。当你真正了解了死亡，就是了解了无常，也就懂得了拥有的内涵，也就会更加感恩与珍惜。

死亡是生命的一部分，它从未和生命分离过。对生命来说唯一能确认发生的事实就是死亡。生命从存在开始就不停地向死亡奔跑，死亡是生命注定的结局。拒绝死亡，就意味着拒绝生命，生命的存在就是死亡的存在。

对于死亡，更多的人知道它是在物质层面的一种消失，然而在心灵层面，我们却无法确认死亡到底意味着什么。不了解死亡，也许就不能真正了解存在、更不能了解生命；了解了死亡，也许就了解了生命的全部。通过死亡探索生命，将会与生命在更深层次连接。有限的认知让我们相信死亡是生命的终点，可你是否想过，或许死亡也是生命的起点?

当死亡来临的时候，如果我们带着宁静、喜悦，带着祝福和爱离去，结局是多么幸福快乐；如果带着悲伤、寂寞，带着恐惧和遗憾，结局是多么悲哀可怕！真实地接纳死亡，会让我们与无限的爱连接。

给自己一点时间，深刻地想一想：生命中归根结底你最缺少的是什么？每天忙碌也好，无聊也罢，烦恼重重，都是为什么，到底要什么？到底在追求什么？今天挚爱的也许就是明天厌恶的，明天期许的也许就是后天躲避的，“要”与“不要”纠缠着我们整个的生命，掠夺了我们太多的时间和空间，我们因为不知道自己到底该“要什么”和“不要什么”而犹豫徘徊，就这样，不知不觉地走完了全程。

身处如此繁华的世界、物质的天堂，我们却几乎没有笑容。在生活里笑不出来，难道在天堂里能笑出来吗？你是否想过，在过去的生活中，你的行为、言语和意识曾伤害过多少生命？然而反过来，你又真正成就过多少人呢？

如果不能把你的感觉与你的心灵联系起来，即使到了天堂，也到不了快乐与幸福。

很多人都在努力寻找生命的答案。其实，世上没有其他的答案，赤裸裸的自己就是答案。佛陀只是为我们指引方向，让我们能更接近答案。生活中需要老师，生命中也是如此。老师让我们懂得改变和进步，任何改变生命的元素都可以称为老师。生活让你改变，敢于面对生活，就意味着敢于亲近老师，生活是生命最好的老师。

别人只能帮助你，只有你自己才能拯救你。佛教讲的不是佛和菩萨的解救，佛教告诉我们，改变自己是拯救自己的唯一方式。

信念是一个很重要的环节，它决定了人们的生活。如果这么多年的努力还没有得到真正想要的东西，我们是否还继续坚持原有的信念呢？信念是尘世快乐的根本，正确的信念是开启转变、祥和之门的钥匙。有了它，我们与他人的互动就会圆融和愉快，就有可能维护好生活中的各种关系。当信念不存在、不正确时，我们就会孤独、空虚、不快乐。

佛教的核心不在于信仰，佛教的核心是在生活中感悟人生、感悟生命、感悟自己。如果没有一点感悟和改变，还是一味情绪深重、充满烦恼，那么，即使信佛一万年也没有任何意义。

修行的真正内涵和目的是什么？是改变。人们往往沉迷在自我的观点里，无法改变。改变需要勇气！改变自己，丢下自我的所有习性、判断和执着，否则，判断和执着就占据我们。很多所谓信佛供佛的人都在自欺欺人，其实供奉只不过是用来满足欲望的另一种方式，从来没有真正供奉过。

供奉了佛的东西却比佛还关心，这能叫供吗？我们虚伪得连自己都不知道自己多么虚伪。

没有必要去改变生活的角色。生活本身就是一场戏，人人都是演员，扮演着不同的角色。接受你的角色，但记住这只是一场戏。所有的东西，我们只有使用权，没有拥有权。虽然我们认为生活当中的任何东西都必须要拥有，比如房子、金钱和权力，事实上我们连自己的身体都无法拥有，也只是暂时地使用罢了。

我们崇尚复杂的生活，因而失去了单纯的生命，变得如此脆弱、痛苦、不自在。不管追求什么，我们最需要的是自由。真正的快乐是什么？是我们的自由。自由来自于生命。在生活和生命之间，我们需要更多了解的是生命。生活是生命的产物，是为生命服务的，应该为生命带来和谐、安详、快乐和喜悦。

我们唯一能选择的就是过好每一天。能真正拥有的就是此刻，此刻改变就是所有的改变。

此刻是过去的延续，未来的开始；此刻是一切力量的根源，是一切的起点。当下从没有与生命分离过，它就是你的本质。当内心深处没有任何挂碍，把嫉妒的心、愤怒的心、贪婪的心、怀疑的心、执着的心，八万四千个心全部归零，连自己的性别、身份等等一切都没有了，我们就回到了一个“空”的状态。这是每个生命原始的本然。

回到生命的当下去感受生命本身！

爱是勇者的游戏

作者 _ 阿噶巴

产品经理 _ 来佳音　装帧设计 _ 张海燕　技术编辑 _ 丁占旭
责任印制 _ 刘世乐　出品人 _ 于桐

果麦
www.guomai.cn

以 微 小 的 力 量 推 动 文 明

图书在版编目（CIP）数据

爱是勇者的游戏 / 阿噶巴著. — 西安 : 三秦出版社，2014.1（2025.3 重印）
ISBN 978-7-5518-0627-5

Ⅰ. ①爱… Ⅱ. ①阿… Ⅲ. ①人生哲学—通俗读物 Ⅳ. ①B821-49

中国版本图书馆 CIP 数据核字（2013）第 272216 号

爱是勇者的游戏

阿噶巴 著

出版发行 三秦出版社
社 址 西安市雁塔区曲江新区登高路 1388 号
电 话 （029）81205236
邮政编码 710061
印 刷 嘉业印刷（天津）有限公司
开 本 710mm×1000mm 1/16
印 张 13
插 页 2
字 数 120 千字
版 次 2014年1月第1版
印 次 2025年3月第6次印刷
标准书号 ISBN 978-7-5518-0627-5
定 价 35.00 元

网 址 http://www.sqcbs.cn

如发现印装质量问题，影响阅读，请联系021-64386496调换。